무덤까지 비밀이야

차례

1막

1

주원은 언젠가 자신이 노인이 될 줄 알았다. 장수를 하리란 근거도 하겠단 소망도 없었지만, 막연히 그렇게 되리라 믿었다. 설마하니 서른다섯 나이에 객사하게 될 줄은, 그 사실을 반나절 전에 알게 될 줄은 꿈에도 몰랐다. 더구나 그 반나절 동안 평소 아끼던 사람들과 작별 인사를 나누고, 5년 동안 운영한 동물병원의 처분을 유언하고, 마지막으로 아내에게 사랑한다고 말하는 대신 방전된 핸드폰을 쥐고 절절매게 될 줄은 상상도 못 했다.

'제발.'

주원은 양손으로 핸드폰을 붙들고 동동거렸다. 잠시나마 핸드폰이 켜지길 바라며 기를 불어넣었다. 하지만 아무리 용을 써도 화면에 불이 반짝이는 기적은 일어나지 않았다. 머잖아 주원의 머릿속에 냉소적인 생각이 스쳤다.

'때려치우자. 내가 죽고 나면 남은 사진 따위 알 게 뭐야.'

그러나 이내 반대되는 마음이 잇따랐다.

'안 돼. 내가 죽더라도 그 사진만은 없애야 해.'

주원은 심기일전하여 힘을 냈다. 핸드폰을 붙들고 빌었다. 제발. 더도 말고 덜도 말고 딱 10초만 켜져달라고. 바라는 바는 오직 하나, 핸드폰 안에 들어 있는 사진 한 장을 없애는 것뿐이라고. 바로 그때, 화면이 아닌 주원의 뇌리에 불이 반짝였다.

'잠깐, 그리고 보니 사진을 없애는 방법은 핸드폰을 켜는 것 말고 하나가 더 있잖아?'

깨달음을 얻은 주원은 힘겹게 몸을 움직이기 시작했다. 무릎걸음으로 엉금엉금 기어가 동굴 밖으로 머리를 내밀었다. 세찬 빗줄기가 뒤통수를 강타했지만 개의치 않았다. 비를 쫄딱 맞고 온몸에 진흙을 묻혀 가며 가장 가까운 기슭에 도착해 망설임 없이 팔을 휘둘렀다. 가파른 벼랑 아래로 죽어도 들키고 싶지 않은 사진이 담긴 핸드폰을 내던졌다.

이것으로 되었다. 적어도 이 세상에 남길 미련 하나는 사라졌다.

마음이 가벼워진 주원은 왔던 길을 되돌아갔다. 갈 때보다 쉬엄쉬엄 동굴로 향해 빗방울이 튀는 초입에 철퍼덕 엎드렸다. 그 순간, 따가운 시선이 느껴졌다.

동굴 구석에 옹기종기 모여 있는 세 사람.

사흘 전 주원과 함께 등산 왔다가 사이좋게 조난당한 중학교 동창, 고상혁과 신태일. 그리고 산속을 헤매던 중 우연히 만난 또 다른 조난자, 백산의 어리둥절한 시선이었다.

잠시 후 세 사람 중 상혁이 대표로 물었다.

"밖에서 뭘 하고 온 거야?"

주원은 바로 대답하지 않았다. 이제껏 혼자 알아온 일을 앞으로도 혼자만 알고 싶다는 관성이 발동해서 였다. 하지만 그는 곧 기억해 냈다. 지금 이곳에서만 큼은 어떤 이야기를 해도 괜찮다는 사실을.

'어차피 모두 여기서 죽을 테니까.'

이틀 전, 힘겹게 산중을 헤매다 갑자기 쏟아진 폭우를 피해 동굴로 피신했을 때부터 주원은 어쩌면 이곳에서 죽을지도 모른다고 예감했다. 그리고 오늘 아침 물병의 마지막 물이 떨어진 순간, 틀림없이 이곳에서 죽으리라 확신했다. 그러니까 이제부터는 얼마든지 솔직해져도 괜찮았다. 어떤 이야기가 오가든 그게 동굴 밖으로 새어 나갈 일은 없으니까. 내일이 오면 사그라지는 모두의 숨과 함께 사라져 버릴 테니 말이다.

주원은 잠자코 답을 기다리는 세 사람을 보았다. 그리고 사실대로 답했다.

"핸드폰을 버렸어. 거기에 민정이가 보면 안 되는 사진이 있어서."

민정은 주원의 아내다.

"효진이랑 찍은 사진이야."

효진은 주원의 첫사랑이다. 두 사람은 고등학생 때 잠시 사귀었고, 졸업 이후 연락이 끊겼다가 최근 15년 만에 우연히 재회했다. 주원의 동물병원이 있는 빌딩에 효진이 약국을 개업했기 때문이다. 이후 주원과 효진은 별 뜻 없이 오가며 남는 간식을 나누었다. 그러다 자연스레 몇 번 점심을 먹었고, 어쩌다 단둘이 영화관에 갔다. 그리고 그때 셀카 한 장을 찍었다.

"절대로 바람피운 건 아니었어."

주원이 단호하게 말했다.

"그렇지만 민정이는 그 사진을 보고 내가 바람피웠다고 생각할 거 아냐? 죽고 나면 해명도 못 할 텐데, 그런 오해를 받고 싶지 않아서 사진을 없앤 거야."

곧바로 상혁과 태일이 미심쩍은 눈길을 보냈다.

"진짜로 아니었어?"

"아니었다니까."

"그렇다면 왜 우리한테까지 효진이랑 만난 얘기를

안 한 건데?"

주원은 사람 이상하게 몰아가지 말라는 듯 볼멘 표
정을 짓고 말했다.

"굳이 말해서 좋을 것 없는 일이니까."

그리고 자연스레 화살을 돌렸다.

"그러는 너희는 없어? 그동안 말하기 뭐해서 굳이
얘기하지 않은 일."

그 순간 상혁과 태일의 표정이 미묘하게 굳었다.
잠시 뒤, 태일이 먼저 입을 열었다.

"있잖아. 사실은 나 소주 좋아한다."

"뭐?"

주원은 깜짝 놀랐다. 어엿한 성인의 음주 취향을
들었을 때 보일 적합한 반응은 아니었지만, 상대가
태일이라 그랬다. 평소 태일은 음주, 흡연, 가무 3종
세트를 혐오하는 사람으로 유명했기 때문이다. 13년
전, 국가대표 수영선수 자격으로 금메달을 따고 전국
적으로 이름을 날렸을 때부터 선배가 운영하는 수영
장에서 꿈나무들을 육성 중인 현재까지 태일은 어느

자리에서건 술잔을 입에 대지 않고 철저한 자기관리를 해왔다. 그렇게 알고 있었는데….

실은 몰래 마셔왔단 말이지? 주원은 어이가 없었다. 태일이 언제부터 자신을 속였을까 가늠하는 동안 괘씸하단 마음이 솟았다. 바로 그때.

"난 가끔 도박했다."

기습적으로 상혁이 말했다.

"뭐라고?"

주원은 조금 전보다 크게 반응했다. 가뜩이나 얼마 남지 않은 체력을 목청 높이는 데 허비했다. 자신이 털어놓은 문제보다 훨씬 치명적인 친구들의 문제를 연달아 듣자 갑자기 뒤통수가 얼얼해졌다. 이를 눈치챈 상혁이 얼른 말을 보탰다.

"심각하게 받아들이지 마. 스트레스가 심할 때만, 합법적인 곳에서 몇 번 한 게 다니까. 알잖아? 평소에 내가 대기업 팀장 직함을 유지하려고 얼마나 많은 압박을 견뎌왔는지. 스릴 있는 일탈은 일종의 필요악이었어."

말도 안 되는 소리. 탄탄한 일상과 창창한 미래를 걸고 즐긴 취미가 필요악이었다고? 주원은 한심한 변명이라 생각했다. 하지만.

"그랬구나…."

본심을 숨긴 채 차분히 대꾸했다. 열을 올려 정죄하지 않았다. 지금껏 친구들이 남몰래 무슨 짓을 해왔든 이제 와서 무슨 상관이란 말인가. 어차피 더는 지켜야 할 생활도 평판도 없는데. 주원은 의미 없는 비난을 하며 날 세우는 대신 다 이해한다는 너그러운 표정을 지었다. 생의 끝자락에서 비밀을 털어놓은 친구들의 마음이 조금이나마 가벼워졌다면 그것으로 되었다고 여겼다. 그리고 천천히 동굴 구석으로 시선을 옮겼다. 그곳에는 아까부터 있는 듯 없는 듯 기척을 내지 않고 잠잠히 대화를 엿듣고 있는 한 사람이 있었다.

"그쪽은 뭐 할 말 없어요?"

갑자기 질문을 받은 백산이 쭈뼛거렸다.

"네?"

백산의 얼굴은 무척 수척했다. 하루 넘게 공복인
데다 저체온증까지 왔으니 무리도 아니었다. 사실 그
는 처음 만났을 때부터 주원과 친구들보다 몸 상태가
좋지 않았다. 옷이 너무 얇고, 넘어져서 팔을 다친 탓
이었다. 스무 살 초반으로 네 사람 중 가장 어리지만,
제일 먼저 저세상으로 갈 것처럼 보였다.

안색이 창백한 백산이 입을 뻐끔거리며 고민했다.
주원은 그런 그에게 발언할 용기를 주었다.

"평생 아무한테도 못 한 이야기를 할 기회는 지금
뿐이에요."

"그렇지만….."

"뭐 어때요? 죽기 전에 누구에게라도 털어놓으면
후련하지 않겠어요?"

"그럴까요?"

"그냥 고해성사 같은 거라고 생각해요. 어차피 우
리끼리만 알고 말 얘기니까."

"그렇긴 하죠."

잠시 후 백산이 결심한 듯 입을 열었다.

"저는요."

마른 입술 새로 자신의 비밀을 속삭였다.

"사람을 죽인 적이 있어요."

빗소리가 점점 세차게 들려오기 시작했다. 동굴 안에는 서늘한 정적이 감돌았다. 그 밀도가 너무 높아 숨이 막힐 지경이었다.

주원은 한시라도 빨리 누군가 이 불편하고 무거운 정적을 깨트려 주길 바랐다. 친구들이 "농담이죠?"라며 미소 짓길, 백산이 "농담이었어요" 하고 폭소해 주길 기다렸다. 다 같이 하하하, 한바탕 크게 웃고 말고 싶었다. 하지만 그런 일은 일어나지 않았다. 속절없이 시간이 흐르는 와중에 주원은 확신했다.

'저 청년은 정말로 사람을 죽인 적이 있다.'

누군가의 말 한마디에 이토록 강력한 믿음을 갖는 건 평소엔 좀처럼 없는 일이었다. 그런데 이번엔 어째선지 단박에 믿어졌다. 백산의 표정과 말투와 분위기에는 그의 말을 부인할 수 없게 만드는, 설명하기 어려운 힘이 깃들어 있었다. 주원은 폭탄 발언을 해 놓고 속 편히 눈꺼풀을 내린 백산의 얼굴을 한참 동안 바라보다 겨우 정신을 수습하고 말했다.

"실수였어요?"

과실치사는 누구에게나 운 나쁘게 일어날 수 있는 일이니까. 어떻게든 살인을 이해해 볼 요량으로 물었다. 그렇지만 백산은 그 성의를 가뿐히 무시했다.

"아니요."

곧바로 상혁이 주원과 같은 의도로 물었다.

"정당방위였어요?"

하지만 백산의 답은 같았다.

"아니요."

이어서 태일이 그나마, 정말로 그나마 살인을 용인할 수 있는 경우를 헤아려 물었다.

"복수였어요?"

그러나 백산의 답은 변함없었다.

"아니요."

덧붙여 그는 스무고개 같은 질문에 계속 대꾸할 마

음이 없다는 듯 스스로 답을 밝혔다.

"그냥 해보고 싶어서 해봤어요."

그러고는 내친김에 한 가지 사실을 더 알려줬다.

"딱 세 번."

그 순간 주원은 생각했다.

'미친놈.'

동시에 상혁이 생각했다.

'이거 완전 미친놈이네?'

옆에서 태일도 생각했다.

'뭐 이런 미친놈이 다 있어.'

주원과 상혁과 태일은 할 말을 잃은 얼굴로 극악무도한 미친놈을 빤히 바라보았다. 손 뻗으면 닿을 거리에 있는 연쇄살인마가 두려워야 마땅했으나 그다지 무서운 감정이 들지는 않았다. 핏기 없는 얼굴로 간신히 숨을 쌕쌕이는 백산이 자신들을 해칠 수 없는 상태라는 걸 알았기 때문이다. 하긴, 위협이 되지 않는 건 세 사람도 마찬가지였다. 그들 역시 눈앞에 있는 범죄자를 끌고 산을 내려가서 재판장에 세울 힘이 남아 있지 않았다. 욕을 하고 침을 뱉을 힘조차 없었다. 꼼짝하지 못하는 채로 그들이 백산에게 가할 수 있는 처벌은 단 하나, 마음 깊은 저주뿐이었다.

'죽어서 지옥에나 떨어져라.'

동굴 안에 다시금 서늘한 정적이 찾아왔다. 세찬 빗소리가 귀를 때렸다. 그리고 빗소리에 섞여 멀리서 개 짖는 소리가 들려왔다.

2

 귓가가 웅웅 울렸다. 주원은 눈을 감았다. 아무 미련 없이 이승을 훌훌 뜨기에 그는 아직 젊었다. 하고 싶은 일도 하지 못한 일도 무수히 많았다. 아무래도 원통한 감이 있었다. 이렇게 원통해하며 죽으면 원귀가 되려나? 문득 무서운 생각이 들었다. 앞으로 무슨 일이 벌어질지, 어디로 가게 될지, 이다음에 뭔가가 있긴 할지 알 수 없어 두려웠다.

 주원은 어둠 속에서 사지를 떨었다. 남은 숨을 헐떡이며 공포에 잠식됐다. 바로 그 순간, 시끄러운 빗소리와 개 짖는 소리 사이로 누군가의 말소리가 들려왔다.

"식사 어떻게 하실래요?"

상냥하고 포근한 목소리였다.

"네?"

"점심 식사요. 뭐 드실 거냐고요."

주원은 스르르 감은 눈을 떴다. 멀찍이 서 있는 목소리의 주인이 보였다. 민규였다. 그는 2년 전부터 주원의 동물병원에서 일해온 아르바이트생이다. 손님 응대와 비품 정리, 그리고 식사 준비를 담당했다. 주원은 얼떨떨해하며 입에 붙은 소리를 했다.

"아, 어제랑 같은 걸로 부탁해요."

민규는 방긋 웃으며 돌아섰다.

"알겠습니다."

혼자 남은 주원은 얼빠진 얼굴로 주위를 둘러봤다. 눈앞에 친숙한 진료실 풍경이 펼쳐졌다. 창밖에는 비가 내리고, 문밖에선 개가 짖고 있었다. 앙칼진 높낮이로 추정컨대 동물병원에서 키우는 세 살짜리 말티즈의 소리다. 동굴 안에서 희미하게 들었던 구조견의

우렁찬 소리가 아니었다.

'맞다. 난 무사히 구조되었지.'

정신을 차린 주원은 천천히 호흡을 가다듬으며 바른 자세로 앉았다. 그리고 기억을 되짚었다. 한 달 전, 동굴 바닥에 쓰러진 채 일방통행로인 저승길 문턱을 넘기 직전, 꿈결처럼 들리는 구조견의 부름을 듣고 가까스로 유턴한 일을 말이다. 주원은 그길로 동굴에 들이닥친 수색대의 도움을 받아 헬리콥터를 타고 인근 병원으로 이송됐다. 이후 의료진의 신속한 처치와 민정의 극진한 간호 덕분에 구사일생으로 살아났다.

다행히 친구들의 목숨도 무사했다. 평소 건강관리에 유난이던 상혁과 타고나길 건강 체질인 태일은 병원에 도착한 시점부터 빠른 회복세를 보였다. 두 사람은 주원보다 빨리 이승으로 향하는 길을 달려가 순조롭게 건강을 되찾았다.

그리고 '그' 역시 그랬다.

'죽어서 지옥에나 떨어져라.'

죽기 직전, 세 친구의 간절한 저주를 받은 백산은

가뿐히 죽음을 피하고 멀쩡하게 소생해서 아무 일도 없었다는 듯이 세상으로 돌아왔다.

오후가 되자 비가 그쳤다. 주원은 점심 식사를 마치기 무섭게 병원 문을 닫았다. 선약이 있어서였다. 거리로 나가자 먹구름 낀 하늘이 보였다. 하지만 다시 비가 올 것 같진 않았다. 다행이라고 생각하며 지하철역으로 걸음을 옮겼다.

조난 사고 이후, 주원은 빗소리만 들으면 동굴에서 느꼈던 죽음의 공포가 고스란히 되살아나는 문제를 겪고 있다. 트라우마로 인한 병증이었다. 한 달 사이 세 차례나 극심한 호흡 곤란이 일어났다. 그때마다 민정은 옆에서 그날 내가 등산만 말렸어도 이런 일은 안 생겼을 텐데, 하며 자책했다. 하지만 정작 당사자인 주원은 그다지 속상해하지 않았다. 억울한 마음도 없었다. 트라우마는 시간이 지나면 자연히 극복될 테니까. 죽다 살아난 부작용 치고 이만하면 양호하다고 여겼다. 그보다 진짜 문제는 따로 있었다.

'저는요. 사람을 죽인 적이 있어요.'

구조 이후, 주원의 머릿속에선 이 말이 한시도 떠나지 않았다. 듣지 말아야 할 말을 들어버린 대가로 마음 한편에 늘 먹구름이 드리웠다. 기적적으로 살아나 하루하루를 선물처럼 누려야 할 시기에 늘 기분이 찜찜했다. 이건 좀 억울했다.

'그 자식은 왜 쓸데없는 소리를 해서.'

주원은 자신이 느끼는 껄끄러움의 책임을 백산에게 돌렸다. 그의 가벼운 입을 탓했다.

아, 그래. 자신이 먼저 입을 놀리라고 권하긴 했다. 무엇이든 괜찮으니 비밀을 털어놓으라면서 세 번 연속 부추겼던 건 사실이다. 그렇지만, 설마하니, 그런 말이 나올 줄 감히 상상이나 했겠는가?

백산의 비밀은 주원과 친구들의 비밀과는 결이 달랐다. 그건 유부남으로서 처신을 잘못하고, 주변인들을 기만하고, 불건전한 취미를 일삼은 문제와 동일선상에서 비난받을 수 없는 일이었다. 만일 네 사람이 나눈 대화가 세상에 알려진다면 주원과 친구들은

26

곤란하고 부끄러워질 테지만, 백산은 끝장날 것이다. 차라리 동굴에서 죽는 편이 나았겠다 싶을 정도로 철저히!

'그 정도 비밀이라면 저승까지 가져갔어야지.'

주원은 그러지 않은 백산이 경솔했다고 여겼다. 그리고.

'그 정도 비밀이라면 그냥 지켜줬어야지.'

그러지 못한 친구들 또한 섣불렀다고 생각했다.

구조 당일, 태일은 정신이 들기 무섭게 112에 전화해 연쇄살인마를 잡아가라고 난동을 부렸다. 링거 바늘이 빠질 때까지 길길이 날뛰었다. 다음날, 상혁은 백산의 병실에 찾아가 은밀히 대화를 시도했다. 몰래 녹음기를 켜놓은 상태로 무리하게 자백을 유도했다. 그동안 주원은 잠자코 있었다. 말 그대로 잠자코, 아직 의식을 찾지 못한 채 누워 있었다.

주원이 눈을 떴을 땐 이미 모든 상황이 종료된 뒤였다. 태일은 신고받고 출동한 경찰에게 백산을 넘기는 데 실패했고, 상혁은 백산에게 자백을 받아 녹취

하는 일에 실패했다. 두 상황에서 백산이 같은 말로 상황을 빠져나갔기 때문이다.

"전부 거짓말이었어요."

뻔뻔스럽게도, 백산은 동굴에서 했던 말을 전면 부인했다. 그런 말을 했던 이유에 대해서는 다소 성의 없이 둘러댔다.

"곧 죽게 된다는 생각에 너무 무섭고 허무하고 짜증이 나서 아무 소리나 해버렸어요."

그는 동굴에 함께 있던 연장자들이 먼저 각자의 비밀을 누설하고 자신에게도 그러길 권했단 사실은 함구한 채, 오로지 자신의 비밀에 대해서만 발뺌하며 경찰과 의료진과 소동에 휘말린 모든 이들에게 사과했다.

"쓸데없는 거짓말로 소동을 일으켜서 정말 죄송합니다."

그 모습이 어찌나 진짜 같던지, 그의 순진무구한 얼굴을 보고 떨리는 목소리를 들은 사람들은 하나같이 속아 넘어갔다.

단 세 사람, 주원과 상혁과 태일만 제외하고.

이상하게도 세 사람은 백산이 감쪽같이 굴면 굴수록 그가 연쇄살인마가 맞다는 확신을 가졌다. 그리고 묘하게 백산이 그 사실을 눈치챘다는 느낌을 받았다.

찰박찰박.

갑자기 등 뒤에서 물기 젖은 신발이 가까워지는 소리가 들렸다. 주원은 순간적으로 걸음을 멈췄다. 그와 동시에 축축한 캔버스를 신은 처음 보는 청년이 곁을 스쳐 지나갔다. 주원은 그 자리에 서서 낯선 이의 기척과 함께 팔에 오소소 돋은 소름이 가라앉길 기다렸다가 다시 걸음을 옮겼다.

주원은 제시간에 맞춰 약속 장소에 도착했다. 서울 변두리 역에서 내려 얼마간 걸은 뒤, 울타리가 빙 둘린 부지의 철문을 열었다. 곧바로 약속 상대의 모습이 보였다. 환갑의 나이가 무색하게 팔 근육이 튼실한 유기견 보호소 소장이 마당에서 주원을 맞이했다.

"어서 와."

수년째 이곳에서 정기 봉사를 하고 있는 주원은 뒤숭숭한 기분을 숨기고 밝은 얼굴을 보이며 익숙하게 안으로 들어섰다.

"잘 지내셨어요?"

그때 처음 보는 개 한 마리가 주원을 향해 다가왔다. 잘 익은 빵처럼 노르스름한 털을 지닌 녀석이었다. 가만 보니 한쪽 눈이 탁했다. 주원은 발치에서 꼬리를 흔드는 녀석의 눈높이에 맞추어 무릎을 꺾고 앉아 인사를 건넸다.

"안녕. 초면이네."

개를 대신해 소장이 말했다.

"신참이니까."

"어디서 흘러온 녀석이에요?"

"며칠 전에 누군가 요 앞에 버리고 갔어."

소장이 인상을 찌푸리며 설명을 이었다.

"이빨 보니까 열 살은 된 거 같던데. 그 세월을 같이 살아놓고 잘도 떼놓고 갔어. 난 진짜 이해가 안 돼. 그러고 가서 잠이 처자지고, 밥이 처먹어지나?"

소장은 지겨워 죽겠다는 듯 평소 입버릇인 소리를 내뱉었다.

"하여간 모든 동물 중에 인간이 제일 못됐어."

다혈질인 그의 성미를 익히 아는 주원은 일부러 생글거리며 대꾸했다.

"그렇지만요. 버려진 동물을 돌봐주는 동물도 인간이잖아요."

그리고 마당 한편을 가리켰다. 그곳엔 오전에 들른 봉사자들이 기부한 대용량 사료 포대가 쌓여 있었다. 다행히 금방 기분을 푼 소장이 끄덕였다.

"그건 그렇지. 아무튼 인간은 희한해. 한 세상 산다고 다 같은 인간이 아니야. 내가 이 나이 먹도록 살면서 보니까 그래. 좋은 놈 나쁜 놈이 천지 차이야."

주원은 동의를 표했다.

"맞아요."

아직 소장이 산 세월만큼 살지 못했지만, 진심으로 동조했다. 얼마 전에 진짜 나쁜 놈을 만났으니까. 방금까지도 그놈 생각을 하면서 신경을 곤두세웠으니

까. 하지만 그놈 이야기를 여기저기 떠벌리고 다니는
건 분별없는 짓이었다. 그래서 소장에게 쓸데없는 소
리를 전하지 않고 훌쩍 실내로 향하며 혼잣말로 중얼
거렸다.

"누가 어떤 인간인지 겉으로만 봐서는 모르고요."

정말 그랬다. 주원은 최근 들어 이 사실을 실감했
다. 한 달 동안 백산의 SNS를 비공개 계정으로 몰래
지켜보면서 말이다.

지금까지 염탐한 바에 따르면, 백산은 한 사람이
하나도 쟁취하기 어려운 사회적 가면을 여러 개 지니
고 있었다. 교육자 집안에서 태어난 믿음직한 아들이
자, 명문대에 재학 중인 착실한 학생이자, 외출이 잦
은 인기 많은 친구이자, 장래가 촉망되는 우수한 시
민이었다. 심지어 외모까지 출중했다. 동굴 안에서도
수려해 보였던 그의 외모는 사회에서 더욱 빛을 발했
다. 어디에 있든 단지 존재한다는 이유만으로 호감을
살 수 있을 정도였다. 한마디로, 남부러울 것 없는 인
생이었다.

'그러니 다들 깜빡 속아 넘어가지.'

주원은 백산의 SNS에 등장하는 그 누구도 그의 비밀을 알지 못할 것이라고 장담했다. 심지어 그를 가장 잘 안다고 자부할 여자 친구, 혜리도 마찬가지일 터였다. 그녀 역시 백산이 의도적으로 드러내는 얼굴이 아닌 다른 얼굴을 묘사할 수 있을 리 없었다. 하기야 주원도 죽기 직전까지 상혁과 태일이 감춘 일을 짐작하기는커녕 그런 일이 있단 사실조차 몰랐으니, 사람과 사람 사이에선 어쩔 수 없는 일이란 생각이 들었다. 겉을 아무리 유심히 보아도 속의 심연은 가늠할 수 없다. 문득 주원의 뇌리에 전 인류를 향한 불신이 뿌리박히는 느낌이 들었다.

'아니야. 거기까진 가지 말자.'

주원은 서둘러 생각을 끊어냈다. 지나치게 염세적으로 변하지 않으려 억지로 주의를 돌렸다. 마침 그에겐 해야 할 일이 산더미였다.

오후 내내, 주원은 봉사활동에 전념했다. 다양한

경로로 보호소에 흘러 들어온 유기견들을 일일이 검진하고, 접종과 간단한 시술을 했다. 특별히 상처가 있거나 노쇠한 개들은 더 오래 살폈다. 적절한 약을 처방하기 위해서였다.

또는, 안락사 목록을 작성하거나.

마지막 일은 전혀 내키지 않았지만, 그럼에도 해냈다. 주원이 사회에서 수행하기로 약속한 몫이기에 진지하게 임했다. 모든 일을 마쳤을 즈음, 어느덧 바깥은 어둑해져 있었다. 창밖으로 슬쩍 하늘을 올려본 주원은 문득 시간이 궁금해졌다.

"몇 시쯤 됐지?"

가방에서 핸드폰을 꺼내 화면을 켜자 7시가 넘은 시간이 보였다. 그 밑으로 새 글 알람이 떴다. 백산의 SNS였다.

주원은 자연스럽게 비공개 계정에 접속했다. 그리고 몇 시간 전 올라온 두 장의 사진을 보았다.

첫 번째 사진은 독사진이었다. 노란 조끼를 입은 백산이 해사한 미소를 띠고 있었다. 자주 본 표정인데 아무리 봐도 적응이 안 됐다. 볼 때마다 섬뜩했다.
주원은 서둘러 화면을 넘기려 액정 위에 손가락을 올
렸다. 그런데 그 순간.

갑자기 주원의 몸이 얼어붙었다. 부동자세를 유지
한 채 첫 번째 사진에서 시선을 뗄 수 없었다. 왠지 모
르게 사진의 배경이 낯설지 않아서였다.

'혹시….'

주원은 천천히 손가락을 움직여 화면을 넘겼다. 두
번째 사진은 단체 사진이었다. 노란 조끼를 맞춰 입
은 백산과 혜리와 몇몇 대학생들이 마당에서 개 한
마리와 찍은 사진이었다.

개의 생김새가 낯익었다. 잘 익은 빵처럼 노르스름
한 털을 지닌 녀석의 한쪽 눈이 탁했다.

3

　우연이야. 처음에 주원은 이같이 생각했다. 유기견 보호소엔 누구나 방문할 수 있으니까. 특히나 주원이 정기 봉사하는 보호소는 서울과 가깝고 규모도 제법 있는 편이라 평소에 많은 봉사자가 오가니까 백산과 친구들도 충분히 들를 수 있었다.

　하지만 다음 날 상혁이 회사 근처 식당에서 백산을 목격했단 소식을 전하고, 그다음 날 태일이 헬스장에서 백산과 마주쳤단 소식을 전하자 생각이 바뀌었다.

　'우연이 아니었어. 백산은 일부러 우리 주위를 맴도는 거야.'

그렇다면 궁금해하지 않을 수 없었다.

'왜?'

떠오르는 답은 하나뿐이었다. 지나친 억측이자 최악의 가정인 줄 알지만, 어쨌든 주원은 유일한 답을 소리 내 말했다.

"우리가 자신을 궁지로 몰기 전에 먼저 죽여서 입막음하려는 거야."

그리고 마주 앉은 친구들을 원망스러운 눈길로 바라보았다. 퇴근하자마자 곧장 고깃집으로 온지라 빳빳한 셔츠를 입고 있는 상혁과 머리칼이 조금 젖어 있는 태일이 머쓱한 표정을 지었다. 잠시 뒤 태일이 입을 열었다.

"왜 그렇게 봐? 내가 신고하지 않았어도 백산은 입막음하려고 했을 거야."

"작정하고 주위를 맴돌진 않았겠지."

"그건 모를 일이지. 그리고 전에도 말했지만, 난 신고 당시에 제정신이 아니었어. 머릿속에 연쇄살인마를 가만두면 안 되겠단 생각밖에 없어서 나도 모르게 날뛰게 된 걸 어째? 앞일을 계산하고 말고 할 겨를이 없었다니까. 솔직히 내가 인간적인 거 아니야?"

그때 상혁이 검지로 태일을 가리키며 끼어들었다.

"이 자식이 일을 저지른 이상, 나야말로 어쩔 수 없었어. 경찰이 순순히 백산을 체포하지 않을 줄 알았다고. 그럼 가만히 있느니 자백 녹취라도 받는 편이 낫잖아?"

"못 받았잖아."

"결과가 좋지 않았다고 과정을 비하하면 안 되지."

상혁이 뻔뻔스러운 표정을 지었다. 옆에서 태일 역시 당당한 얼굴을 보였다. 이렇게들 나온다면야.

주원은 짧게 한숨을 내쉬었다. 그리고 화제를 미래지향적으로 바꾸었다.

"이제 어쩔 거야?"

상혁과 태일은 네 생각부터 말해보란 듯 주원을 응시했다. 곧바로 주원은 지난밤 잠 못 이루며 정리한 생각을 공유했다.

"만약에, 솔직히 나도 기우란 거 알지만, 그래도 만

에 하나, 백산이 진짜 우리를 죽이고 싶어서 주위를
맴돌고 있다고 쳐."

상혁과 태일이 끄덕였다. 주원이 발언을 이었다.

"실제로 실행하긴 어려울 거야."

주원은 차근차근 그 이유를 설명했다.

"객관적으로 우리는 연쇄살인마가 표적으로 삼기
좋은 타입이 아니잖아? 직업이 탄탄하고, 대인관계
도 양호하고, 어딜 가나 CCTV가 널려 있는 도시에
사는 모범시민이니까. 아무리 용의주도한 살인마라
도 우리를 전부 죽이고 쉽사리 수사망을 빠져나가긴
어려워."

"그렇긴 하지."

"그 점을 고려하면, 지금 백산은 우리를 죽이기로
마음먹고 쫓아다닌다기보다는 죽일지 말지 간을 보
면서 동태를 살피고 있을 가능성이 커."

"그렇다면?"

"그렇다면 우리가 먼저 입장을 밝혀주는 편이 좋지
않겠어?"

주원이 한층 목소리를 낮추고 속삭였다.

"절대로 비밀을 누설하지 않겠다고 알려주자."

곧바로 태일이 고개를 갸웃했다.

"어떻게? 찾아가서 각서라도 써줘?"

주원은 무슨 소리를 하냐는 듯 고개를 저었다.

"뭘 찾아가기까지 해, 요즘 같은 세상에. 우리만 걔
SNS를 몰래 보겠어?"

상혁이 알아들었다는 듯 고개를 끄덕였다.

"걔도 우리 SNS를 몰래 볼 테니, 게시물을 통해서
알리잔 거지?"

주원은 바로 그 말이 하고 싶었다는 표정을 지었
다. 그리고 친구들의 눈치를 살폈다.

예상대로 두 사람의 표정은 좋지 않았다. 찝찝하고
꺼림직한 마음이 그대로 드러났다. 당연했다. 사실
제안하는 주원의 마음도 같았다. 백산의 범행을 덮어
주는 일은 그에게 살해당한 사람들과 앞으로 살해당
할 사람들에게 몹쓸 짓이었다. 나아가 자신과 친구들
의 영혼을 파괴하는 비겁한 짓이었다. 아까부터 주원

은 기껏 시킨 한우에 젓가락 한 번 못 댈 만큼 가슴을 짓누르는 양심의 가책을 느꼈다. 하지만 총대 메고 제안하지 않을 수 없었다. 연쇄살인마가 주변을 맴돌도록 그냥 내버려둘 수는 없는 노릇이니 말이다.

머잖아 세 사람은 결의했다. 그 자리에서 각자 핸드폰을 꺼내고는 '말은 은이고, 침묵은 금이다'라는 오래된 서양 격언을 SNS에 올렸다. 주변 사람들에게 무슨 일이 있었기에 갑자기 침묵을 중시하는 글을 올렸느냐는 호기심 어린 질문을 받을 각오를 하며 백산에게 자신들의 뜻이 잘 전달되기를 바랐다. 그리고 다음 날, 백산의 SNS에 뜬 새 게시물을 보았다.

'세 사람이 아는 비밀은 더 이상 비밀이 아니다.'

아라비아 속담과 함께 간밤에 세 사람이 회동했던 고깃집 외관 사진이 올라와 있었다.

양심을 저버리고 연쇄살인마와 화친을 도모한 결과는 좋지 않았다. 주원과 친구들은 백산의 게시물을 일종의 응답으로 받아들였다. 세 사람이 아는 비밀은 더 이상 비밀이 아니라니. 그래서? 기어이 입막음하고 말겠다는 경고인지, 단지 방심하지 않겠다는 의사 표명인지 정확한 의중은 알 수 없었으나 어쨌든 불길했다.

아무래도 백산은 세 사람의 변덕스러운 마음에 자신의 미래를 맡길 마음이 없는 모양이었다. 대신 그들 곁을 은밀히 맴돌며 그 사실을 SNS로 암시하기를 택했다. 그러다 차츰 과감하게 변했다.

언젠가부터 주원은 자꾸 백산과 마주쳤다. 길을 걷다가, 지하철을 타다가, 마트에서 장을 보다가 문득 고개를 돌리면 불시에 그와 눈이 맞았다. 그때마다 주원은 깜짝 놀랐다. 반면 백산은 깜짝 놀란 척을 한 뒤 반갑게 인사를 건넸다.

"안녕하세요, 요즘 들어 자주 뵙네요."

심지어 곧 우연한 만남을 가장하기조차 관뒀다.

어느 날, 여느 때처럼 동물병원 진료실에 앉아 있던 주원은 어서 오세요, 하는 평소와 똑같은 민규의 응대를 듣고 카운터 쪽을 내다보았다가 기절할 뻔했다. 손님으로 백산이 찾아왔기 때문이었다. 주원이 알기로 백산은 개를 키우지 않았다. 하지만 그는 개 간식을 사고 싶다며 추천을 부탁했다. 민규는 적절한 추천을 위해 개의 종과 나이, 취향 등에 대해 마구잡이로 물었다. 이에 백산은 즐거운 낯으로 막힘없이 답했다. 놀랍지도 않았다. 그가 거짓말에 능하다는 사실은 진즉부터 알고 있었다.

한차례 뻔뻔스러운 방문을 단행한 이후, 백산은 나날이 주원의 생활권 안으로 침투해 들어왔다. 당연하게도 주원은 극도의 위협감을 느꼈다. 구조 이후, 언제나 마음 한편에 자리 잡은 불안은 빠르게 공포로 변해 영역을 확장했다. 뭉게뭉게 검은 연기처럼 걷잡을 수 없이 피어나 금세 온 마음으로 번졌다.

어느 밤, 공포에 사로잡힌 주원은 잠자리에서 생각했다. 제아무리 용의주도한 연쇄살인마일지라도 모범시민 셋을 살해하고 무사하지 못하리란 이전의 판단은 타당했으나… 과연 '사고사'로 위장한 살인을 저질렀을 때도 이야기가 같을까?

곰곰이 따져보니 건장한 성인 남성이 불의의 사고로 한순간에 목숨을 잃을 경우는 수두룩했다. 돌진하는 차에 치일 수도 있고, 높은 곳에서 발을 헛디딜 수도 있고, 밀폐된 건물에서 화재에 휘말릴 수도 있고, 실수로 유독물을 접할 수도 있었다.

뜬눈으로 밤을 새우며 온갖 사고사를 셈하고 맞이한 다음 날, 주원의 신체는 상시 긴장 상태로 전환됐다. 마치 총알이 빗발치는 전쟁 통에 서 있는 병사처럼 예민해졌다. 두말할 것도 없이 평범했던 일상은 단숨에 무너졌다.

주원에게 돌발 상황이란 곧 위급 상황이 되었다. 아주 미세한 소리일지라도 갑자기 들리면 화들짝 놀랐다. 난데없이 타인의 시선이나 기척이 느껴지면 흠칫했고, 행여나 신체가 닿기라도 하면 소스라쳤다. 나아가 약간의 변화만 포착돼도 까탈을 부렸다.

"이게 뭐예요? 어디서 난 거예요?"

주원은 동물병원 안에 자신이 두지 않은 물건이 있

으면 민규에게 그 출처를 꼬치꼬치 캐물었다. 또한 배달 음식의 맛이 조금이라도 달라진 것 같으면 바로 수저를 내려놓았다. 물론 집에 있을 때도 딱히 안심하지 않았다. 가능하면 온 집 안에 커튼을 쳐두었다. 문밖 기척에 내내 신경을 곤두세웠고, 어디선가 희미한 소음이 들려오면 근원을 찾아 두리번거렸다. 누가 봐도 불안장애에 시달리는 사람의 전형적인 행동이었다. 이러한 모습을 같이 사는 사람이 그냥 지켜볼 리 없었다.

머잖아 민정이 권했다.

"치료를 받자."

그녀는 다정한 목소리로 용기를 북돋아 줬다.

"살다 보면 누구나 아플 수 있어. 마음이 아프면 치료해서 나으면 돼. 너무 걱정하지 마. 내가 언제까지나 자기 옆에 있을 테니까."

나란히 앉아 손도 꼭 잡아주었다. 연쇄살인마에게 살해 위협을 받고 있다는 말을 믿어주는 대신 말이다.

애초에 민정은 백산이 연쇄살인마라고 믿지 않았

다. 병원에서 백산이 자신의 결백을 주장하던 모습을 직접 보고 완전히 넘어가 버렸다.

"그러면 걔가 이상한 게시물을 올린 일은 어떻게 설명할 거야?"

주원이 의문을 제기했을 때는 이렇게 답했다.

"안 그래도 내가 걔 SNS를 유심히 살펴봤는데, 최근에 친한 친구들 사이에서 누가 누구를 좋아한다는 공공연한 비밀이 퍼진 거 같아. 걘 그냥 친구를 놀리려던 것뿐이야. 애들끼리 치는 장난이었다고."

"하필 내가 있던 식당 사진을 올린 건?"

"그건 그냥 우연이었겠지. 최근에 거기가 방송을 타서 화제가 됐었잖아."

말이 되는 이야기긴 했다. 주원은 하나도 설득당하지 않았지만, 민정은 한사코 그렇게 주장했다. 그리고 간곡히 전문적인 치료를 권했다. 주원은 할 수 없이 민정의 뜻에 따랐다. 순전히 그녀의 마음을 편하게 해줄 목적으로 병원에 다니고, 상담에 임하고, 시간 맞추어 약… 먹는 척을 했다. 물론 진짜 먹지는 않았다. 주원이 공포에 떨게 된 이유는 정신적인 문제가 아니니까. 실존하는 문제니까 말이다!

주원은 실제로 문제를 해결해 보려고 민정 몰래 애썼다. 몇 번이고 경찰서에 찾아가 백산을 연쇄살인마로 제보한 일이 어떻게 돌아가고 있는지 캐묻고, 그를 스토킹범으로 체포해 달라고 졸랐다. 그때마다 경찰로부터 민간인에게 수사 정보는 알려줄 수 없고, 멀쩡한 청년을 별다른 증거 없이 입건할 수도 없다는 답변을 받았지만 포기하지 않았다. 합법적인 경로를 통해 백산을 자신의 인생에서 쫓아내려는 노력을 계속했다. 그러는 사이 시간은 속절없이 흘렀고, 주원의 체력은 한계점에 달했다.

어느 날부턴가 주원은 빌딩 복도에서 마주치는 이웃들과 동물병원에 찾아오는 단골들에게 계속 같은 질문을 받았다.

"괜찮으세요?"

단기간에 살이 너무 많이 빠져서였다. 그뿐만이 아니었다. 안색은 흙빛이 됐고, 눈가는 퀭해졌고, 머리

카락은 한 줌씩 빠졌다. 원래 그의 모습을 알던 사람이라면 누구라도 대번에 건강을 염려할 정도로 급격히 몰골이 형편없어졌다. 이에 한 지인은 비싼 건강 검진을 권했고, 또 다른 지인은 고민거리가 있거든 들어주겠다고 했다. 심지어 선물을 들고 찾아오는 지인도 있었다.

"별 뜻은 없어."

효진이 문밖에서 작은 쇼핑백을 건네며 말했다. 그 순간 주원은 당혹감을 숨기지 못했다. 조난 사고 이후 그녀와 얼굴을 맞대는 일이 처음이었기 때문이다. 병원에서 민정의 간호를 받는 동안 그녀에게 효진과의 재회를 숨긴 사실이 못내 마음에 걸렸던 주원은 일상으로 복귀한 뒤 일부러 효진을 피해왔다. 그녀와 한 공간에 있지 않으려 멀리서 옷깃만 보여도 도망쳤다. 옛날부터 눈치가 빨랐던 효진은 달라진 주원의 태도를 금세 눈치챘고, 머잖아 그의 무례를 무시로 갚았다. 그래서 최근 두 사람은 한바탕 싸우고 화해하지 않은 옛 동료처럼 데면데면하게 지냈다. 그런데 갑자기 찾아와서 말을 붙이고 선물을 주다니. 주원은 의외라고 여겼다. 그 마음을 읽은 듯 효진이 한마디를 더하고 쌩하니 자리를 떴다.

"그냥 인류애야."

주원은 천천히 진료실로 돌아갔다. 그리고 풀썩 의자에 앉아 쇼핑백을 열어봤다. 안에는 비타민이 들어 있었다. 선물을 확인한 순간, 문득 가슴 깊은 곳에서부터 자괴감이 밀려왔다. 엉망이 돼버린 현실이 절실히 실감 났다.

주원은 비타민 하나를 까먹었다. 오도독. 포장지에 분명 신맛이라고 쓰여 있었는데 이상하게 쓴맛이 났다. 절로 인상이 찌푸려졌다. 책상 위에 놓인 거울을 흘긋 보자 인상이 더 구겨졌다.

'해골바가지가 따로 없네.'

지난 얼마간 주원은 건장한 성인 남성이 갑자기 죽을 수 있는 경우를 무수히 상상했다. 개중 신경쇠약에 걸려 말라 죽는단 상황은 없었다. 하지만 자신의 꼴을 보니 그 상황도 진지하게 고려해야 할 것 같았다. 더 이상 이대로 지낼 순 없었다.

'어쩌면 좋지?'

효진의 오지랖에 새삼 자신의 처지를 곱씹게 된 주원은 심각한 고민에 빠졌다. 어차피 손님도 없던 터라 곰곰이 생각에 잠겨 들려던 순간, 고요한 진료실 안에 갑자기 심상찮은 소리가 울려 퍼졌다.

쏴아아.

창가로 고개를 돌리자 창문 너머로 예보 없이 쏟아지는 소나기가 보였다. 시원한 빗소리가 귀에 꽂히자 곧 이변 없는 일이 일어났다.

주원은 덥석 가슴께를 부여잡았다. 순식간에 호흡이 가빠지고, 명치가 조여오고, 눈앞이 깜깜해졌다. 죽음의 공포가 몰아치듯 닥쳐오자 머릿속에서 익숙한 레퍼토리가 흘렀다.

'아, 이대로 죽기는 원통한데….'

답 없는 생각들이 뇌리를 뱅뱅 맴돌았다.

'설마 원귀가 되진 않겠지? 앞으로 무슨 일이 벌어

지는 거지? 나는 어디로 가게 될까? 이다음에 뭔가가 있긴 할까?'

바로 그 찰나. 회전하는 사념 덩어리 사이에서 웬일로 낯선 생각 하나가 솟았다. 그동안 체념 가득한 마음에 짓눌려 감히 떠오르지 못하던 그 생각은 무슨 바람인지 불쑥 등장해선 다른 생각들을 차례차례 집어삼켰다. 그리고 금세 주원의 머릿속을 장악했다.

주원은 태곳적 본능으로부터 비롯된 지극히 원초적인 그 생각을 입 밖으로 끄집어내어 간절히 소리 내 말했다.

"난 죽고 싶지 않아."

4

주원은 있는 힘을 다해 큰 소리로 외쳤다.

"난 절대로 연쇄살인마에게 순순히 살해당하지 않을 거야!"

그 순간, 그의 목소리가 시끄러운 음악을 뚫었다. 인테리어가 요란한 식당에 앉아 있던 사람들이 일제히 주원을 쳐다봤다. 양옆에서 태일과 상혁이 자중하라는 듯 팔을 끌어당겼다. 하지만 주원은 격앙된 감정을 누그러트릴 마음이 없었다.

"너넨 아니야?"

친구들에게 물었다. 답은 안 들어도 알 수 있었다.

잔뜩 구겨진 상혁의 셔츠와 볼품없이 빠진 태일의 근육이 곧 대답이었다. 주원 못지않게 두 사람도 언제 백산에게 당할지 몰라 하루 종일 전전긍긍하며 지내고 있음이 분명했다. 중학생 때 가까워진 세 사람은 어른이 되어 만났더라면 절대 친구가 되지 않았을 거라고 피차 농담할 정도로 성격도, 가치관도, 문제해결 방식도 모조리 달랐다. 하지만 이번만큼은 이견이 없었다. 누구도 순순히 살해당하고 싶을 리 없으니까.

잠시 뒤, 태일이 마음이 동하는 얼굴로 물었다.

"어떡하자고?"

황급히 상혁이 끼어들었다.

"단체로 경찰서에 가자고는 하지 마. 몰려가서 우겨도 소용없어. 백산이 연쇄살인마라는 단서가 나오지 않는 이상, 수사는 시작되지 않을 거야."

주원은 단호히 말했다.

"알아. 괜히 우리만 미친놈 취급을 당하겠지."

태일이 조급한 얼굴로 물었다.

"그럼, 뭐야? 우리가 직접 단서를 찾자고?"

상혁이 회의를 표했다.

"할 수 있겠냐? 일개 회사원이랑 수영 강사랑 수의 사가?"

주원은 칼같이 답했다.

"못 하지."

그리고 다른 대안을 내놓았다.

"그러니까 우리 말고 단서를 찾을 수 있는 다른 사람한테 부탁하자."

곧바로 상혁과 태일의 얼굴에 '누구?' 하는 질문이 떠올랐다. 주원은 말을 이었다.

"우리 병원에 이 주에 한 번꼴로 고양이 다섯 마리를 돌아가면서 데리고 오는 손님이 있어. 항상 선글라스를 쓰고 다니는 아저씨인데, 직업이 탐정이래."

"탐정?"

"원래는 흥신소를 운영했던 것 같던데, 최근에 합법적으로 리모델링을… 아무튼 그게 중요한 게 아니고, 그 사람한테 정식으로 사건을 의뢰해 보자. 실제로 연쇄살인의 증거를 찾는 건 무리일 테니까, 공식

적인 수사가 가능해질 정도의 혐의점만 찾아달라고
하는 거야."

상혁과 태일이 구미가 당기는 표정을 지었다. 머잖
아 상혁이 슬쩍 입을 열었다.

"내가 얼마 전에 알게 된 사람 중에 사회부 기자가
있거든? 백산 일은 잘만 캐면 완전 특종감 아니야?
한번 얘기를 흘려볼게."

뒤이어 태일도 가세했다.

"우리 센터 회원 중에 보험 조사관이 있어. 의심스
러운 정황을 포착하면 지독하게 물고 늘어지는 사람
으로 유명한데, 최근에 급전이 필요하다더라고. 사례
비를 챙겨주고 조사를 부탁해 볼게."

아무래도 뜻이 모인 것 같았다. 불과 30분 전, 이 자
리에서 처음 얼굴을 맞댈 때는 생기 없이 꺼져 있던
세 사람의 눈에 반짝 빛이 감돌았다.

잠시 뒤, 태일이 전장에서 사기를 높이려는 장수처
럼 맹렬히 목소리를 드높였다.

"됐어. 드디어 노선을 제대로 잡은 거야. 공격이 최

선의 방어라고."

상혁 역시 낙관적으로 계산기를 두드렸다.

"연륜, 인맥, 재산, 능력, 어느 것 하나도 우리가 그 깟 대학생에게 밀릴 게 없어. 심지어 수적으로도 우리가 우세해."

주원은 일순간에 호기로워진 분위기에 편승하여 비장하게 다짐했다.

"우릴 건드린 걸 후회하게 만들어주자."

이른 아침, 주원은 차 키를 챙겼다. 핸드폰에 저장해 둔 일정표를 한번 확인한 뒤 서둘러 방 밖으로 나섰다. 그때, 민정이 안으로 들어왔다.

"주말에도 고생이 많네."

민정이 초록빛 음료가 담긴 유리잔을 내밀었다. 영양에만 집중하고 맛은 고려치 않은 음료라 거절하고 싶었다. 그러나 민정의 성의를 생각해 군말 없이 들이켜고 나서 말했다.

"어쩔 수 없지. 동물들이 시간을 정해놓고 아픈 건

아니니까."

"수술 끝나면 몇 시쯤 될 거 같아?"

"잘 모르겠는데, 아마 저녁때는 지날 거야. 이따가 연락할게."

주원은 민정에게 빈 잔을 건네고 현관으로 향했다. 민정이 배웅하려 따라나섰다. 그리고 신발을 신는 주원을 바라보다 문득 생각난 듯 말을 꺼냈다.

"참, 전에 보기로 했던 연극 개막했더라. 다음 주에 보러 갈 수 있어?"

주원은 얼굴을 구겨 미안하단 티를 내고 말했다.

"미안. 다음 주는 밤까지 계속 수술이 잡혀 있어."

민정이 아쉬운 얼굴을 하며 양팔을 앞으로 뻗었다. 주원은 그녀와 진하게 포옹을 나눈 뒤 집을 나섰다. 그길로 황급히 주차장으로 가 차에 올라타고는 제법 빠른 속력으로 도로를 달렸다. 동물병원과 반대 방향으로.

오래지 않아 주원의 차가 대학가에 진입했다. 그때 태일의 차가 맞은편 차도를 지나갔다. 주원은 차창을 통해 태일과 눈짓을 주고받은 뒤 직진했다. 저 멀리 방금까지 태일의 감시 아래 놓여 있던 사람이 보였다. 백산이 혼자 도로변을 걷고 있었다.

지난 얼마간 주원과 친구들은 순번을 정해 백산을 따라다녔다. 제대로 반격하자는 기세를 몰아 직접 범죄 의혹을 파헤치기 위함은 아니었다. 세 사람은 객관적으로 자신들에게 그럴 능력이 없음을 알았다. 그래서 진즉에 지인들에게 금전적 대가를 지급하고 조사를 맡겼다. 그럼에도 생고생을 자처하며 따로 추적을 시작한 건 심리적인 문제 때문이었다. 친구들이 백산의 뒤에 있을 때 불시에 살해당할지 모른다는 불안감이 줄어들어 숨통이 트였기 때문이다. 실제로 감시를 감행한 이래 주원의 건강은 많이 나아졌다.

잠시 뒤, 백산이 한 건물 안으로 들어갔다. 주원은 적당한 곳에 주차하고 따라 들어갔다. 개업한 지 얼마 안 된 세련된 카페에 발을 들이자 낯익은 이가 보였다. 혜리였다. 오늘도 백산은 여자 친구와 데이트하기 위해 외출한 듯해 보였다. 두 사람은 여유롭게

커피를 마시고 자리에서 일어났다. 그길로 대학가 골목을 돌아다니며 커플 모자를 사고, 사진을 찍고, 극장으로 가서 연극 표를 샀다. 민정이 보고 싶어 한 연극이었다.

문득 주원의 마음이 무거워졌다.

주원은 혼자 집에 있을 민정을 떠올렸다. 그녀에게 거짓말을 하고 나온 일이 양심에 찔렸다. 오늘뿐만이 아니었다. 최근 주원은 민정에게 숱한 거짓말을 했다. 백산의 뒤를 밟으러 집 밖으로 나가야 할 때마다 수술과 장례식과 병문안 등을 핑계로 삼았다. 연애 때부터 말을 안 하는 일은 있을지언정 거짓말만큼은 하지 않았는데. 새로운 핑곗거리를 억지로 떠올릴 때마다 죄책감이 차곡차곡 쌓여갔다. 하지만 어쩔 수 없었다. 주원이 백산의 뒤를 몰래 밟고 있단 사실을 알게 되면 민정이 기겁하며 난리 칠 것이 빤했기 때문이다. 어쩌면 그를 정신병원에 강제로 입원시키려 할지도 몰랐다. 주원은 자신의 거짓말은 곧 그녀를 위한 일이라고 생각하며 양심의 가책을 다른 사람의 탓으로 돌렸다.

'전부 백산 때문이야.'

그리고 백산이 혜리와 함께 들어간 극장을 주시하며 인상을 찌푸렸다.

'하필이면 그날 거기서 만나는 바람에….'

주원의 의식이 자연스럽게 백산과 처음 만났던 시점으로 향했다. 한밤중에, 어두컴컴한 숲속에서, 나무 기둥에 죽은 듯 기대 있던 그를 발견했던 때로 말이다. 지금 생각하면 그때 그냥 지나쳤어야 했는데, 당시엔 도저히 그럴 수 없었다. 백산의 모습이 너무 딱해 보여서였다. 그는 얇은 재킷 하나를 걸친 채 덜덜 떨고 있었다. 팔을 다쳐 피도 뚝뚝 흘리고 있었다. 인간적으로 도저히 내버려두고 갈 수 없는 상태였다. 주원과 친구들이 다가가서 괜찮냐고 물어보고 함께 떠나자고 권한 건 지극히 당연한 처사였다.

그런데 가만.

불현듯 이제껏 한 번도 들지 않았던 의문이 주원의 뇌리에 스쳤다.

백산은 왜 그날 산에 오르면서 그토록 얇은 옷을 입고 있었을까? 그리고 넘어져서 다쳤다던 상처는 어째서 날카로운 칼에 단숨에 베인 것처럼 깔끔한 모양이었을까?

의문은 곧 상상력을 발휘시켰다.

'어쩌면 등산이 아닌 다른 목적을 위해 산을 올랐던 게 아닐까? 예를 들면… 증거 인멸 같은.'

주원의 머릿속에 피해자의 시신이나 소지품, 범행에 쓰인 흉기 같은 것들을 땅에 파묻으러 산에 왔다가 아직 숨이 붙어 있던 피해자의 손에 혹은 자신의 실수로 인해 칼에 팔을 베이고 그 상태로 주변을 배회하다 쓰러지는 백산의 모습이 그려졌다. 거의 망상에 가까운 상상이긴 하지만 어쨌든 가설이 떠오른 이상, 제안하지 않을 수 없었다. 다음 날, 주원은 친구들을 소집해 호기롭게 말했다.

"백산과 처음 만났던 곳을 파헤쳐 보자."

그러자 예상한 대답이 돌아왔다.

"진심이야?"

상혁과 태일이 탐탁지 않게 반응했다. 당연했다. 산을 수색해서 강력범죄의 증거를 찾는 건 들여야 할 노고에 비해 성공 확률이 턱없이 낮은 일이었기 때문이다. 하지만 만약 성공한다면 단번에 백산을 끝장낼 수 있단 김칫국을 잔뜩 마셔버린 주원은 쉽게 제안을 무르지 않았다.

"진심이야! 무조건 해봐야지. 좀 번거롭고 피곤한 게 대수야? 이건 단순히 우리 목숨을 보전하기 위한 일이 아니야. 억울하게 살해당한 사람들의 한을 풀어주고, 앞으로 살해당할 사람들을 지켜주는 일이라고. 연쇄살인마를 잡는다는 건 그런 의미잖아!"

이렇게 설파할 때, 살짝 민망한 감이 들었다. 일전에 연쇄살인마와의 화친을 누구보다 적극적으로 도모했던 사람이 주원 자신이었기 때문이다. 하지만 상황이 바뀌면 마음도 언제든 바뀔 수 있는 것 아닌가? 누가 뭐라든 지금의 주원은 진심이었다. 그래서 목청 높여 호소했다.

"할 수 있는 일은 해보자!"

동물병원 정기 휴무 날, 주원은 자신의 의지를 관철했다. 민정에게 동창의 아버지가 급사하셨던 거짓말을 하고 집을 나와 사고가 발생했던 산으로 향했다. 조난 사고 이후 다시는 등산하지 않겠다고 다짐했지만, 상황이 바뀌었으니 이전 결심은 무시했다.

주원은 산 중턱까지 얌전히 등산로를 따라 올랐다. 그러다 큰 바위 앞에서 갑자기 경로를 틀어 무성한 수풀 사이로 슬그머니 들어갔다. 언뜻 인적이 한 번도 닿지 않은 곳으로 향하는 것처럼 보였지만, 실은 그렇지 않았다. 바닥에 미세하게 길이 있었다. 주원이 여러 차례 오가며 만들어둔 길이었다.

수풀 너머로 금세 목적지가 보였다. 주원은 나무 기둥에 기대어져 있는 삽을 집어 들었다. 그리고 퍽 퍽, 수상해 보이는 지점들을 묵묵히 파기 시작했다. 독초에 스치지 않고, 뱀에게 물리지 않고, 벼랑에서 떨어지지 않도록 주의하면서 차분하게 작업을 이었다. 새벽에 상혁과 태일이 작업을 마친 뒤 표시해 둔 지점부터 말이다.

맨 처음 주원이 수색을 제안했을 때 떨떠름해하던 두 사람은 며칠 뒤에 동참하겠단 뜻을 밝혔다. 마음을 바꾼 계기는 의문의 사고였다.

퇴근길에 상혁은 가까스로 추락사를 면했다. 북새통과 다름없는 지하철역을 지나던 중 가파른 계단 끝에서 누군가에게 떠밀렸다. 다행히 데구루루 굴러서 떨어진 덕에 크게 다치진 않았으나 하마터면 머리가 깨질 뻔했다. 이튿날 태일은 출근길에 간신히 교통사고를 피했다. 사람도 CCTV도 없는 길가에서 갑자기 돌진해 온 승용차와 스쳤다. 다행히 옆으로 몸을 날려서 큰 탈이 생기진 않았으나 여차하면 장기가 터질 뻔했다.

운 좋게 목숨을 건진 두 사람은 분노에 휩싸여 주장했다.

"백산, 그 개자식 짓이 확실해!"

하지만 주장을 증명할 증거를 찾지는 못했다.

"망할, 방심했어."

상혁과 태일은 좀처럼 흥분을 삭이지 못했다. 지인

들에게 조사를 맡기고 직접 미행을 시작한 이래 백산의 행적이 눈에 띄게 움츠러들어서 잠시 안도했으나 연달아 수상쩍은 일이 터지자 억눌려 있던 불안이 다시 솟구쳤다. 그들은 수색에 열의를 보였고, 주원과 함께 반드시 백산을 경찰의 손에 넘기자고 한 번 더 결의했다. 그리고 이를 위해 몸소 부지런히 손을 놀렸다.

새파란 하늘 아래서 주원은 끊임없이 땅을 팠다. 줄줄 흐르는 땀은 산들바람으로 식혔다. 그러다 해가 조금 떨어질 무렵, 아무런 소득을 얻지 못했음에도 미련 없이 삽을 내려놓았다. 살해당하는 상황을 피하려다 또다시 조난하는 상황을 맞을 정도로 멍청하지 않았기에 다음 일을 친구들에게 맡기고 뒤도 안 돌아보고 떠났다.

날이 저물기 전에 주원은 무사히 등산로로 복귀했다. 그때쯤 핸드폰의 전파가 다시 잡혔다. 화면에 시선을 두자 약 두 시간 전에 걸려 온 부재중 전화가 보였다. 저장되어 있지 않은 번호라 발신인은 알 수 없었다.

'누구지?'

그 순간, 갑자기 주원의 심장이 세차게 요동치기 시작했다. 번호를 모르는 몇몇 사람들이 떠올랐다.

핸드폰을 여러 개 가지고 있는 탐정인가? 상혁의 지인인 기자인가? 태일이 아는 보험 조사관인가?

누가 됐든 드디어 정의 구현이 시작되는 것인가 하는 벅찬 마음이 들었다. 하기야 이제 슬슬 대의를 위한 노력이 보상받을 때가 되기는 했다. 주원은 서둘러 회신했다. 그러자 핸드폰 너머에서 낯선 목소리가 들려왔다.

"강남 경찰서입니다."

생각지 못한 발신처였다. 주원은 잠시 멈칫했다가 대화를 이었다.

"안녕하세요. 그쪽에서 먼저 전화를 주셔서 다시 걸었는데요."

"성함이 어떻게 되시죠?"

"서주원입니다."

"아아, 서주원 씨."

곧바로 상대가 누군지 안다는 티를 냈다. 그러고는 즉각 전화한 용건을 밝혔다. 그런데 내용이 너무 뜻밖이라 단번에 납득하기 어려웠다.

"뭐라고요?"

주원이 되물었다. 그러자 경찰관이 또박또박 다시 말했다.

"서주원 씨, 여대생을 스토킹했다는 신고가 접수돼서 연락드렸습니다."

5

주원은 난생처음 경찰서 철제 의자에 앉았다. 눈앞에 금속 물질로 가득한 살풍경이 펼쳐졌다. 영상매체에서나 보던 공간에 자신이 있단 사실이 믿기지 않았다. 사유는 더 기가 막혔다.

여대생 스토킹 혐의?

말도 안 되었다. 어떤 음모나 계략에 휘말린 게 분명했다. 당장 변호사를 불러야 하나? 벌써 민정에게 연락이 갔으려나? 머리가 터질 것 같았다. 와중에 분통이 먼저 터졌다. 주원은 억울해하며 소리쳤다.

"전 정말로 그런 짓을 한 적이 없어요!"

하지만 마주 앉은 경찰관의 반응은 냉담했다.

"아저씨. 이렇게 증거가 버젓이 있는데 자꾸 잡아 떼실 거예요?"

앳된 경찰관은 경멸의 눈빛을 숨기지 않은 채 사진 몇 장을 내밀었다. 주원이 몰래 백산과 혜리의 뒤를 쫓는 장면이 담긴 CCTV 캡처본이었다.

"여기 전봇대 뒤에 있는 이 사람, 아저씨 맞잖아요."

확실히 경찰관의 말은 틀리지 않았다. 하지만 오해가 있었다.

"전 이 여자를 쫓지 않았어요."

주원은 당당히 주장했다.

"남자를 쫓았어요."

순간, 분위기가 오묘해졌다.

"아니, 아니, 아니. 그런 뜻이 아니라요."

주원은 제대로 오해를 풀기 위해 재차 나섰다.

"이 남자가 먼저 절 쫓아다녔어요. 전 제 안전을 지키려고 감시했던 것뿐이고요."

"이 남자가 왜 아저씨를 쫓아다녔는데요?"

"제가 약점을 쥐고 있으니까 저를 제거하려고요."

주원은 목소리를 조금 낮추고 말했다.

"이 자식 사실은… 연쇄살인마거든요."

그 순간, 분위기가 한층 더 이상해졌다. 뭐, 예상한 일이었다. 주원은 얼마 전 동굴에서 백산의 자백을 들었고 이후로 그에게 위협을 받고 있다고 차근차근 설명했다. 경찰은 줄곧 미심쩍은 표정으로 듣다가 주원이 말을 마쳤을 때 요점을 짚었다.

"그러니까, 증거는 없지만 어쨌든 연쇄살인마가 곧 아저씨를 죽일 거라는 얘기죠?"

"네."

"누군가 따라다니는 기척이 느껴지고, 이상한 소리도 들리시고요."

"네."

"저기요. 혹시 살면서 정신병원에 다녀본 적 있으세요? 최근에 약을 끊으셨다든지."

아무래도 새로운 오해가 생긴 것 같았다. 주원은 세차게 고개를 저었다.

"전 미치지 않았어요. 어떤 정신병도 진단받은 적 없고, 가족력도 없어요. 애초에 세 사람이 한꺼번에 미친다는 게 말이 안 되잖아요."

"세 사람이요?"

"네. 저랑 같이 신고당한 고상혁이랑 신태일이요."

주원은 본인 위주로 간략하게 설명하느라 굳이 언급하지 않은 상혁과 태일의 이름을 거론했다. 그러자 경찰관의 표정이 묘하게 굳었다. 잠시 뒤, 그는 딱딱한 표정을 유지한 채 입을 열었다.

"무슨 소리세요? 신고당한 사람은 서주원 씨 한 분이에요."

떠들썩한 식당에서 유독 한 테이블 주위에만 정적이 흘렀다. 심지어 그 테이블에선 싸늘한 냉기가 뿜어져 나왔다. 며칠 전, 여대생 스토킹 혐의로 입건되어 돌아가면서 조사를 받은 주원과 상혁과 태일이 처음으로 한자리에 모였기 때문이다.

세 사람은 시급히 논의해야 할 사안이 생겨 모임을

가졌다. 하지만 섣불리 입을 떼면 분위기가 험악해질 것 같아서 조용히 식사하며 대화를 미뤘다. 주원은 친구들이 분노와 함께 꾹꾹 삼키고 있을 말이 무엇인지 짐작했다.

"너는 그놈의 입이 문제야. 왜 매번 쓸데없는 소리를 해서 우리까지 끌어들여!"라고 소리치며 자신을 탓하고 싶을 게 분명했다. 하지만 주원은 자신이 묵비권을 행사했어도 상황은 똑같았으리라 여겼다. 어차피 본격적으로 조사가 시작되면 상혁과 태일이 소환되는 건 시간문제였다. 엄밀히 따지면 문제를 일으킨 사람은 주원이 아니었고, 이미 발생한 문제를 악화시킨 사람도 분명 그가 아니었다.

세 사람이 여대생을 스토킹했다는 결정적인 증거는 상혁이 제공했다. 그가 백산의 사진을 필요 이상으로 집요하게 찍으면서 덩달아 함께 찍은 혜리의 사진들이 문제가 되었다. 이후 세 사람이 담당 경찰관의 반감을 사게 된 치명적인 계기는 태일이 만들었다. 그가 결백을 주장하다가 제 성질을 못 이기고 불

손한 태도를 보였기 때문이다.

"너넨 진짜, 그놈의 성격이 문제야."

주원은 이 말을 너무 하고 싶었다. 하지만 악감정을 드러내는 것 외에 아무 의미가 없는 말을 굳이 하지 않았다. 대신 식사가 끝나갈 즈음, 지금 상황에서 더 쓸모 있는 말을 했다.

"이제 어쩔 거야?"

앞으로 진행될 스토킹 조사를 얘기하는 게 아니었다. 사실 그 문제는 크게 고민할 거리가 못 되었다. 세 사람은 정말로 혜리를 스토킹한 적이 없으니까. 제대로 수사가 이루어진다면 자연히 혐의가 풀릴 것이었다. 그보다는 다른 일이 문제였다.

"백산을 이대로 내버려둘 거야?"

피차 심사가 뒤틀린 시점에 그들이 굳이 한자리에 모인 이유는 바로 이 일을 논의하기 위해서였다. 공교롭게도 어제오늘 조사를 맡겨둔 지인들로부터 줄줄이 연락이 왔다. 탐정과 기자와 보험 조사관은 더없이 당당하거나 조금은 미안한 태도로 같은 보고를 했다. 최선을 다했으나 백산에게서 연쇄살인과 관련한 범죄 혐의를 전혀 발견하지 못했다고 말이다.

"말도 안 되지."

태일이 세차게 고개를 내저었다.

"절대로 백산을 그냥 내버려둘 수 없어. 조사가 잘못된 거야."

상혁이 나직이 동조했다.

"나도 그렇게 생각해. 조사가 틀렸어. 우리가 틀린 게 아니야."

두 사람은 여전히 백산이 연쇄살인마가 맞다고 굳게 믿고 있었다. 주원 역시 탐정이 보내온 보고서를 몇 번이나 읽고도 믿음이 흔들리지 않았다. 그날 동굴에서 느꼈던 모든 것. 비밀을 고백하는 백산의 나른한 표정과 말투, 그를 둘러싼 어슴푸레한 광채와 축축한 내음과 서늘한 공기를 떠올리자 그 순간이 곧 진실이었음을 의심할 수 없었다.

"그럼, 진짜 어쩔 거야?"

주원이 다시 한번 친구들에게 물었다. 백산이 일부

러 혜리를 이용해 세 사람을 치한으로 몰고 간 이상, 앞으로 직접 미행하거나 미행을 사주하는 일은 곤란했다. 이대로라면 언제 공격당할지 몰라 온종일 불안에 떨던 나날로 돌아갈 수밖에 없었다. 잠시 뒤, 상혁이 조심스레 입을 뗐다.

"그 자식에게 정말로 혐의점이 없는지 다시 뒷조사를 부탁해 볼 사람 없어?"

주원과 태일이 고개를 저었다. 곧이어 태일이 의견을 냈다.

"당분간 일을 때려치우고 산 수색에 매진해 볼래?"

이번엔 주원과 상혁이 고개를 저었다. 희망은 무슨, 불타오르던 의지가 확 꺾이며 수색은 성공 가능성이 없는 일이란 현실적인 판단이 들어서였다. 한참 뒤에 주원이 새로운 제안을 했다.

"그냥 경찰서에 찾아가서 드러누워 볼까? 제발 한 번만 우리를 믿고 수사를 시작…."

말을 하다 말고 주원이 혼자 고개를 저었다.

"됐다. 되겠냐."

이후 세 사람은 한참 동안 말을 잃었다. 떠들썩한 식당에서 그들이 앉은 테이블 주위에만 동그란 결계가 쳐진 듯 무거운 적막이 감돌았다.

한밤중에 세 사람은 헤어졌다. 기껏 마음을 다잡고 협력한 보람 없이 결국은 아무런 해결책을 마련하지 못한 채 흩어졌다. 그길로 주원은 집으로 가지 않고 민정에게 전화를 걸었다. 아무래도 당장은 흉흉한 마음을 감출 자신이 없어 급하게 외박할 일이 생겼다고 둘러댄 뒤 직장으로 향했다. 불 꺼진 빌딩 안으로 들어가 진료실에 틀어박혔다.

고요 속에서 주원은 생각을 거듭했다. 어떻게 하면 백산을 자신과 친구들의 삶에서 내쫓을 수 있을지 머리를 싸매고 고민했다. 하지만 장소를 바꾸어도 뾰족한 방안이 떠오르지 않는 건 매한가지였다. 밤이 깊어 갈수록 점점 기분만 막막해졌고, 생각은 갈피를 잃다 못해 아예 잘못된 방향으로 나아갔다. 미래가 아닌 과거로 말이다.

'그날 내가 쓸데없는 소리만 안 했어도….'

주원은 후회했다. 백산이 경솔하게 비밀을 발설하기 전, 자신이 먼저 비밀을 공유한 일을 뼈아프게 여겼다. 죽을 때까지 죽은 게 아니었는데. 함부로 입을 놀린 시점부터 지금까지, 주원과 친구들의 죽음은 멀리 밀려난 것이 아니었다. 약간 유예되었던 것에 불과했다.

저벅저벅.

그날 이후, 죽음은 끊임없이 뒤따라오고 있었다. 저벅저벅. 소리를 죽이고 살그머니. 하지만 확실히 거리를 좁혀오며. 저벅저벅. 결국은 자신의 존재를 눈치챌 수밖에 없을 정도로 다가왔다.

'아니, 잠깐만.'

저벅저벅.

'뭔가 이상한데?'

주원은 급하게 상념을 끊어냈다. 그리고 굳게 닫힌 진료실 문을 바라봤다. 확실히 들려왔다. 저벅저벅. 문밖에서, 누군가의 발걸음 소리가.

"뭐야…."

주원은 숨을 죽였다. 그러고 보니 정문을 통과한 이후 문을 잠근 기억이 없었다. 당시 깊은 생각에 잠겨 있던 터라 문단속을 까먹었다. 그 말은 지난 몇 시간 동안 이곳은 아무나 들어올 수 있는 상태였다는 뜻이었다.

벌떡, 주원은 자리에서 일어났다. 최소한 아직 닫혀 있는 진료실 문이라도 잠그기 위해 몸을 날리다시피 문가로 달려갔다. 그런데 손이 잠금장치에 닿기 직전, 한발 빠르게 문고리가 돌아갔다. 주원은 엉거주춤 물러나며 자신도 모르게 외마디 소리를 냈다.

"악."

그 순간, 기습적으로 문을 연 상대도 하이톤의 비명을 질렀다.

"꺅!"

주원은 서둘러 상대의 얼굴을 확인했다. 효진이었다.

"뭐야? 너였어?"

상대가 백산이 아니라면 누구라도 상관없었다. 주

원은 가슴을 쓸어내리며 안도의 한숨을 내쉬었다. 그때 효진이 버럭 화를 냈다.

"너야말로, 멀쩡히 있었어?"

순간 억울함을 느낀 주원이 항변했다.

"내가 내 진료실에 있는 게 뭐가 문제야? 네가 온 게 이상하지."

"있으면 있다고 대답을 했어야지! 밖에서 몇 번을 불렀는지 알아?"

"불렀어?"

"그래! 웬일로 이 시간에 진료실 불이 켜져 있길래 와봤는데, 아무리 불러도 대답이 없어서 혹시나 쓰러져 있나 싶어 들어온 거야!"

효진이 불쑥 방문한 이유에 대해 언성을 높이며 설명했다. 주원은 머리를 긁적였다.

"미안. 생각할 일이 좀 있어서 전혀 못 들었어."

"뭘 생각을 그렇게 한 거야?"

주원은 대답하기에 앞서 입술을 달싹거렸다. 그러다 곧 아무렴 어떠냐 하는 심정으로 말문을 열었다.

그동안 백산과 엮여서 일어났던 일들을 낱낱이 말했다. 효진은 꽤 긴 이야기를 한 번도 끊지 않고 흥미로워하며 들었다. 그러다 주원이 말을 마쳤을 때 대놓고 아리송한 표정을 지었다. 주원은 놀랍지도 않다는 듯 물었다.

"너도 역시 백산은 연쇄살인마가 아니라고 생각하는 거지?"

그러자 효진이 즉답했다.

"아니. 맞을 수도 있다고 생각하는데?"

덧붙여 덤덤히 말했다.

"난 그 친구를 한 번도 본 적이 없으니까. 실제로 얼마나 범죄자처럼 안 보이는지는 몰라도, 범죄자일 가능성은 있다고 생각해. 물론 아닐 가능성도 있다고 생각하지만. 근데 내 생각은 중요한 게 아니고, 너희 셋은 걔가 진짜 범죄자라고 확신하는 거 아냐?"

"응. 우리는 그래."

"그렇다면 왜 고민하는 거야? 너희 문제는 간단하게 해결할 수 있잖아."

"간단하다고?"

"정말로 생명의 위협을 받고 있다면."

효진이 묘하게 화색을 띠며 말했다.

"죽기 전에 먼저 죽여버려."

"뭐?"

"셋보단 하나가 죽는 게 낫잖아. 연쇄살인마의 목숨 따위 아까워할 필요도 없고."

단순한 계산 아니냐는 듯 효진이 대수롭지 않은 얼굴을 했다. 엄밀히 따지면 틀린 말은 아니었다. 그런데 어쩐지 옳다고 동조하기엔 거부감이 든 주원은 가타부타 대꾸하지 못하고 그냥 멍하니 있었다. 그러자 잠시 뒤, 갑자기 효진이 허리를 앞으로 꺾으며 웃음을 터트렸다.

"농담이야."

그리고 경직된 주원의 어깨를 팡 치면서 주변에 감도는 긴장감을 흩트렸다.

"이렇게 굳은 머리로 무슨 생각을 하겠어? 이 상태론 해결할 수 있는 일도 못 하겠다. 아, 맞다. 우리 약

국에 이럴 때 쓰기 딱 좋은 약이 있는데. 잠깐만 기다 릴래?"

뜬금없이 이렇게 제안한 효진은 주원이 대답하기 도 전에 멋대로 나갔다가 금세 돌아왔다. 손에는 와 인 한 병이 들려 있었다.

"오늘 밤엔 아무 일도 없을 거야. 그러니까 잠깐 정 신 줄을 좀 놔봐."

효진이 머그잔에 와인을 가득 따르며 말했다. 주원 은 지금이 정신을 놓아도 될 때인지 긴가민가했다. 하지만 머릿속이 말랑해지면 의외의 해결책이 떠오 를지도 모른다는 기대에 잔을 받았다. 그리고 단숨에 와인을 들이켰다. 오래지 않아 몸에 반응이 일어났 다. 가장 먼저 긴장이 풀렸고, 다음으로 근육이 풀렸 고, 마지막으로 시간에서 풀려났다.

잠깐 눈을 감은 주원이 다시 눈을 떴을 땐 어느새 아침이었다.

"어?"

주원은 얼떨떨해하며 상체를 일으켰다. 곧바로 아,

하고 신음이 터졌다. 깨질 듯한 두통이 느껴졌고, 기분도 몹시 나빴다. 주위를 둘러보자 효진은 온데간데 없었고, 바닥엔 빈 와인 병이 여러 개 늘어져 있었다.

"하, 나 이럴 때 무슨 짓을 한 거야."

주원은 간밤의 일을 떠올리며 깊은 자괴감을 느꼈다. 뒤이어 일단 시간을 확인하려 두리번거렸다. 책상 밑에 떨어져 있는 핸드폰을 집어 들고 화면을 켰다. 그러자 곧장 한 장의 사진이 보였다. 보낸 사람은 상혁이었다. 사진 속에는 작은 글씨로 빼곡히 뒤덮인 두 장의 종이가 나란히 놓여 있었다.

"얜 또 뭘 한 거야?"

주원은 사진을 확대해서 천천히 글자를 읽어 내려갔다. 그리고 마지막 줄을 읽었을 때, 간밤에 상혁이 뭘 했는지 깨닫고 핸드폰을 떨구었다. 주절주절, 두서없고 비문투성이인 종이의 내용을 간략하게 요약하자면, 이것이었다. 유서였다.

6

최근에 주원은 자살에 관해 많이 생각했다. 정확히는 '자살로 위장한 살인'을 숙고했다. 멀쩡히 사회생활을 하던 건장한 성인 남성이 하루아침에 스스로 목숨을 끊는 일은 현대 사회에서 비일비재했다. 그런 일은 뉴스거리도 못 되었다. 주원과 친구들의 경우라고 다를 리 없었다. 특히나 혼자 사는 상혁이 자살했을 때 벌어질 일은 뻔했다.

상혁의 지인들은 평소 상혁에게 스트레스가 많았다는 사실은 알고 있었지만 죽을 정도인 줄은 몰랐다며 안타까운 얼굴로 증언할 터였다. 지방에 있는 가족들은 기함하고 쓰러지며 죽을 만큼 힘들었던 상혁의 마음을 몰라준 일을 자책할 터였다. 그들 중 아무도 상혁의 죽음을 자살이 아니라고 의심하진 않을 터였다. 단 두 사람만 제외하고.

주원은 장담했다.

"절대로 자살일 리 없어."

태일이 동조했다.

"고상혁은 누굴 죽였으면 죽였지, 제 손으로 죽을 애는 아니지."

주원의 생각도 같았다. 그렇다면 이상했다. 주원은 테이블 위에 놓인 상혁의 자필 유서를 보았다.

"그럼 이건 뭘까? 가짜일까?"

누군가 상혁의 필체를 흉내 내어 썼을 가능성이 없지 않았다. 하지만 본격적으로 유서를 감정한다면 걸릴 위험이 있었다. 그보단 당사자에게 직접 쓰도록 만드는 편이 나았다. 그 방법은 어렵지 않게 떠올랐다. 곧바로 태일이 말했다.

"협박을 당해서 썼을 수도 있지."

협박을 한 사람이 누구일지는 굳이 말할 필요가 없었다. 주원은 주위를 둘러봤다. 상혁의 집 풍경이 펼쳐졌다. 평소 이곳은 상당한 수준의 강박증 환자가 사는 집답게 모든 물건의 각이 딱딱 맞춰져 있었다. 그렇게 살 거면 평생 혼자 살아라, 라며 주원이 자주 놀릴 정도였다. 하지만 지금은 온갖 물건이 여기저기 널브러져 있었다. 딱히 부서지고 망가진 것이 없다는 점으로 보아 여기서 험한 일이 벌어진 것 같진 않았다. 지저분한 집은 최근에 상혁이 극도의 스트레스를 받았단 사실만 알려줄 뿐, 간밤에 그가 겪은 일과는 관련이 없는 듯해 보였다.

무엇보다 집 안에 시체가 없었다.

오늘 아침, 유서를 보자마자 상혁의 집 앞으로 찾아온 주원은 유서를 빌미로 119에 신고해 굳게 닫힌 현관문을 열었다. 그리고 소방관들에 의해 집 안에 시체는커녕 핏방울 하나 없다는 사실을 확인했다. 확실히 사건이 벌어진 곳은 이 집이 아니었다. 그럼 어딜까?

주원이 질문을 던졌다.

"어제 상혁인 우리랑 헤어지고 어딜 갔을까?"

태일이 의문을 더했다.

"지금은 어디에 있는 거야?"

만일 몇 시간 전, 상혁이 혼자 백산과 마주쳐 살해 당했다면 그의 시체는 분명 어딘가에 은폐되어 있을 것이다. 시체는 곧 살인의 물증이니까. 장례식장에 서 상혁의 동료들이 "근데 상혁이는 유서를 남겨놓고 왜 몰래 자살을 한 거야?" 하고 수군거릴 위험을 감수 하고라도 감추는 편이 나았다. 어차피 그들은 오래지 않아 "그때 상혁이는 아마 절벽 같은 데서 뛰어내렸 을 거야" 하고 멋대로 결론을 낼 테니까. 백산의 입장 에서는 상혁을 살해한 흔적을 확실히 없애는 편이 유 리했다.

또는 아직 살해하지 않았거나.

지나치게 낙관적인 추측인 줄 알지만, 시체가 나오 지 않은 이상 그 상황도 가정하지 않을 수 없었다. 어 쩌면 상혁은 아직 살아 있을지 모른다. 사라진 건 고작 몇 시간 전의 일이고, 백산은 언제나 완전범죄를 꾀하는 놈이니까. 아직 완벽한 타이밍을 잡지 못했다면 일단 어딘가에 감금해 두었을 수도 있다.

그럴 가능성이 조금이라도 있는 한 주원은 절대로 상혁을 추모할 수 없었다. 학창 시절부터 희로애락을 함께한, 매번 귀찮아하면서도 준비물을 챙겨주고 길을 걷다 슬쩍 옷매무새를 다듬어 주고 계절마다 생색을 내면서도 제철 음식을 챙겨줬던, 무심한 듯 다정한 친구의 죽음을 비통해하기 전에 할 일이 있었다. 물론 태일의 생각도 같았다.

잠시 뒤, 태일이 갈라진 목소리로 말했다.

"어젯밤에 내가 상혁이한테 마지막으로 한 말이 뭐였는지 알아? 자꾸 시답잖은 아이디어나 낼 거면 그냥 아무 말도 하지 말란 거였어."

주원이 침통한 목소리로 말했다.

"난 뭐였는지 알아? 카드 실적 때문에 계산은 내가 통으로 할 테니까 나중에 계좌 이체해 줘…였어."

두 사람은 절대 그딴 말을 상혁의 인생 마지막으로

건넨 말로 남길 수 없었다. 시간이 많지 않았다. 서둘러 자리에서 일어났다.

정오가 되기 전, 주원과 태일은 각자 해야 할 일을 분담한 뒤 상혁의 집을 나섰다. 태일은 백산의 동태를 감시하기 위해 먼저 아파트 단지를 벗어났다. 주원은 무서운 얼굴로 달려 나가는 그의 뒤통수에 대고 당부했다.

"절대로 폭력을 쓰면 안 돼! 뒤에서 몰래 지켜보기만 해야 돼!"

그리고 자신은 아파트 관리 사무소로 향했다. 어젯밤 있었던 일의 진상을 파악하기 위해서였다.

단지를 지날 때 동물병원에서 전화가 걸려 왔다. 아, 맞다. 그러고 보니 출근을 안 했다. 전화를 받자 예상대로 민규의 걱정스러운 목소리가 들려왔다.

"선생님, 어디세요? 무슨 일 있으세요?"

주원은 임기응변을 발휘했다.

"가는 길에 갑자기 교통사고가 났어요."

입에서 나오는 대로 대강 사고 상황을 둘러댄 뒤, 아무래도 오늘은 출근할 수 없을 것 같으니 긴급 휴무 공지를 해달란 부탁을 하고 전화를 끊었다. 이윽고 관리 사무소 앞에 도착했다.

문을 열기 직전, 주원은 먼저 붉으락푸르락 안색을 바꿨다. 상혁의 시체가 없단 사실을 근거로 실종 신고를 하고, 경찰의 입회하에 CCTV를 보는 일은 너무 번거로우니 처음부터 시도할 마음이 없었다. 대신 벌컥 문을 열고 들어가 상혁의 집에서 도난 사건이 발생했는데 당장 범인을 잡아야 해 촌각을 다투는 상황이라며 노쇠한 관리인을 정신없이 닦달했다.

"범인이 도망가면 어르신이 책임질 거예요? 자신 있으세요?"

서슬 퍼렇게 외치자 머잖아 관리인이 CCTV 영상을 보여주었다. 주원은 몇 시간 분량에 달하는 영상을 넘겨보다가 새벽 2시 즈음 상혁의 모습을 포착했다. 상혁은 커다란 캐리어를 가지고 엘리베이터를 탄 뒤 주차장에서 내려 스스로 차에 탔다.

'저 캐리어는 뭐야?'

주원은 갸웃했다. 그 순간, 갑자기 태일이 했던 말이 뇌리에 꽂혔다.

'고상혁은 누굴 죽였으면 죽였지, 제 손으로 죽을 애는 아니지.'

곧바로 주원의 표정이 굳었다.

'혹시… 혼자 백산을 죽이려다가 역으로 당한 건 아니겠지?'

즉시 아니라는 생각이 뒤따르지 않았다. 상혁이 먼저 살해할 결심을 했다고? 믿고 싶지 않았지만, 어떤 사람이 어떤 상황에 처했을 때 어떤 일까지 할 수 있을지는 누구도 장담 못 할 일이었다.

주원은 관리 사무소를 떠나 상혁의 집으로 돌아갔다. 만일 상혁이 정말로 범죄를 저지를 작정으로 움직였다면 절대 우발적으로 행했을 리 없었다. 그의 성격상 언제 실행하게 될진 몰라도 계획을 미리 해두었을 것이 분명했다. 주원은 지저분한 집 안 곳곳을 뒤지며 일기와 노트, 포스트잇 내용 등을 확인했다.

하지만 딱히 쓸 만한 정보를 건지지 못했다. 제법 오랜 시간을 무용하게 날린 뒤, 아직 날이 밝을 때 다시 밖으로 나갔다.

그길로 한참 동안 거리를 배회했다. 상혁의 집 근처 24시간 운영하는 가게들을 돌아다니면서 혹시 새벽에 상혁의 차를 본 적이 있느냐고 탐문했다. 또한 혜리의 SNS를 통해 어제저녁 백산이 특정 카페에 있었음을 알아내고, 그 근처 가게들을 돌아다니며 백산의 어젯밤 행적을 알아내려 노력했다. 하지만 전혀 소득이 없었다. 원래부터 수사에 소질이 없었던 주원에게 수사하려는 의지가 생겼다고 해서 갑자기 능력이 생기진 않았다. 그가 허탕을 치며 돌아다니는 사이, 어느덧 날이 저물었다. 그때쯤 태일에게서 연락이 왔다.

"이쪽도 마찬가지야."

태일은 하루 종일 백산의 동태를 살폈지만, 수상쩍은 정황은 하나도 발견하지 못했다고 알렸다. 그리고 현재 백산은 귀가한 상태라고 덧붙였다. 주원은 슬슬 교대를 제안했다. 백산이 새벽에 몰래 집을 빠져나와 어디론가 갈 수 있으니 자신이 감시를 잇겠다고 했다. 태일이 함께 하겠단 뜻을 밝혔지만, 쉬지 않고 감시를 계속하기 위해서는 그럴 수 없었다. 주원은 태일에게 먼저 눈을 붙이라고 권한 뒤 차에 올랐다.

날이 완전히 어두워졌을 무렵, 주원의 차가 백산이 사는 주택 맞은편 길가에 섰다. 주원은 차창 너머로 주택의 정문을 응시했다. 그때, 민정에게서 전화가 걸려 왔다. 아, 맞다. 그러고 보니 외박하겠다고 연락하는 일을 깜빡했다. 전화를 받자 예상대로 민정의 초조한 목소리가 들려왔다.

"지금 어디야? 왜 이렇게 안 들어와?"

주원은 융통성을 발휘했다.

"가는 길에 갑자기 동창의 아버지가 돌아가셨단 연락을 받았어."

민정이 대꾸했다.

"또?"

어쩐지 목소리에 의심이 서려 있었다. 하지만 지금

은 세세히 해명할 때가 아니었다. 상황이 상황인 만큼 양심의 가책조차 들지 않았다. 주원은 나중에 연락하겠다고 말한 뒤 전화를 끊었다. 그리고 팔짱을 낀 채 전방에 시선을 고정했다.

정신없이 몸을 움직이고 있을 때는 괜찮았는데, 가만히 앉아 있자 점차 마음이 요동치기 시작했다. 비애와 분노가 뒤섞여 눈에 핏발이 서는 게 느껴졌다. 주원은 당장이라도 눈앞에 있는 주택으로 쳐들어가 백산을 죽도록 패며 상혁이 어디에 있는지 말하라고 소리치고 싶은 충동을 느꼈다. 만에 하나, 진짜 상상도 하기 싫지만, 혹시라도 이미 죽였다면 시체가 있는 곳이라도 실토하라고 윽박지르고 싶었다. 물론 그런 짓을 하면 상황이 나빠지기만 할 뿐이란 걸 잘 알았지만, 폭력을 이용해서라도 문제를 해결할 수만 있다면 그렇게 하고 싶은 마음이 들었다.

'고문이라도.'

문득 주원의 머릿속에 이제껏 한 번도 해본 적 없는 생각이 번뜩였다. 백산을 납치해 고문한다면 상혁을 되찾을 수 있을지 모른단 무서운 생각이 말이다.

'그 일을… 내가 할 수 있을까?'

주원은 구체적으로 상상해 봤다. 아침에 집 밖으로 나오는 백산을 기습해서 어딘가에 몰래 감금한 뒤, 그의 어깻죽지를 드라이버로 쑤시며 상혁이 있는 곳을 불라고 외치는 장면을 구체적으로 그려봤다. 그런데 어째 그림이 잘 그려지지 않았다. 드라이버를 손에 쥐는 시점부터 난관이었다. 그 촉감을 떠올린 순간 거부반응이 일었다.

'아무래도 난 힘들겠네.'

주원은 상상을 접었다. 스스로 그 일을 해내기는 무리였다. 하지만 다른 사람은 가능할지도 모른단 생각이 잇따랐다. 왜인지 태일이 고문을 가하는 모습은 어렵지 않게 그려졌다.

'걔라면 실제로 가능하지 않을까?'

주원은 눈을 빛냈다. 바로 그때, 갑자기 핸드폰이 울렸다. 새벽 4시에 거리낌 없이 전화를 걸어올 사람은 한 명밖에 없었다. 역시나 화면에 뜬 발신인은 태일이었다.

"여보세요."

주원은 전화를 받자마자 대뜸 말했다.

"잠이 안 와도 그냥 자. 세 시간 뒤에 교대해."

그러자 핸드폰 너머에서 응답이 들려왔다. 떨리는
목소리의 주인은 태일이 아니었다.

7

    새벽의 도로는 한산했다. 주원은 액셀을 세게 밟았다. 지금 와 서둘러 봐야 아무 소용없는 일인 줄 알지만, 애끓는 마음에 꾸물거릴 수 없었다. 내비게이션이 알려주는 가장 빠른 길로 거침없이 달렸다. 목적지는 대학병원이었다.

    30분 전, 태일의 핸드폰으로 전화를 건 사람은 태일의 선배였다. 한때는 국가대표 수영선수였고, 현재는 피트니스 센터의 운영자인 그는 태일의 고용주이기도 했다.

    "이른 시간에 죄송합니다."

새벽 4시에 전화한 일을 사과한 그는 바로 용건을 밝혔다.

"태일이가 사고를 당했어요. 지금 의식이 없습니다."

주원이 병원에 도착했을 때 태일은 여전히 의식이 없는 상태였다. 앞으로 깨어날지 아닐지 알 수 없는 채로 중환자실에서 겨우 목숨을 부지하는 중이었다.

"제가 발견했을 땐 이미 저 상태였어요."

병원 복도에서 만난 태일의 선배가 침통한 얼굴로 말했다.

"수영장 바닥에 엎어져 있었어요. 아마도 익사 직전에 간신히 빠져나온 것 같아요."

주원이 믿을 수 없단 듯 되물었다.

"익사 직전이요?"

그리고 무언가 착오가 있단 것처럼 목소리를 높였다.

"신태일이요?"

선배는 본인도 믿기 힘들지만 사고는 누구에게나 일어날 수 있고, 베테랑 선수도 예외는 아니라고 말하며 손등으로 눈물을 훔쳤다.

"발에 쥐가 나거나 했겠죠. 재수 없는 사고예요."

하지만 주원은 따라 울지 않았다. 재수 없는 사고? 의심이 고개를 쳐든 이상 울기엔 일렀다. 주원은 날카롭게 눈빛을 번뜩이며 물었다.

"근데 태일이는 새벽에 왜 수영장에 있던 거예요?"

선배는 고개를 숙인 채 답했다.

"가끔 그랬어요. 아무도 없는 수영장에 있으면 망망대해에 있는 것 같다고, 잡생각이 전부 사라져서 좋다고요. 스트레스가 심할 때마다 혼자 수영하곤 했어요."

"혼자요?"

주원이 갸웃했다.

"태일이가 혼자 있던 게 확실해요?"

어쩌면 누군가 무력을 행사해 사고를 일으켰을지도 모를 일이었다. 물론 그 누군가가 백산이었을 리는 없었다. 어젯밤 그는 집으로 들어가서 다시 나오지 않았으니까. 그 사실을 주원이 직접 확인했으니까. 하지만 백산이 사주한 사람이 그랬을 가능성도 있었기에 캐물었다. 곧바로 선배가 대답했다.

"확실해요. 제가 출근했을 때 센터 문이 잠겨 있었으니까요. 아마 태일이가 새벽에 문을 열고 들어가서 안에서 잠갔을 거예요. 이후에 다른 사람이 들어갔을 리는 없어요."

"창문으로 침입했을 수도 있잖아요."

"불가능해요. 전날 퇴근하기 전에 제가 창문을 다 확인하고 갔으니까요."

"그럼 혹시, 수영장 바닥에 뭔가 수상한 물건이 떨어져 있진 않았나요?"

"수상한 물건이요?"

"네. 뭐든지요. 어쩌면 어떤 물건에 근육을 마비시키는 약물이 묻어 있었고, 태일이가 자신도 모르게 그걸 만졌을 수도 있잖아요."

그때 갑자기 선배가 고개를 치켜들었다. 그리고 주원과 눈을 맞추고 물었다.

"정말로 그렇게 생각해요? 이 일이 사고가 아니었을 수도 있다고?"

주원은 그렇다고 대답하려 했다. 하지만 선배가 한 발 빨랐다. 기껏 질문을 던지고는 답을 듣기도 전에 먼저 답을 내렸다.

"아니에요. 안타깝지만 사고가 맞아요."

마치 주원의 의견은 들을 필요가 없다는 듯한 태도였다. 살짝 열이 뻗친 주원이 반박했다.

"왜 그렇게 장담하세요? 사람이 사경을 헤매고 누워 있는데. 모든 가능성을 열어두고 제대로 조사해 봐야죠. 왜 덮어놓고 사고라고 주장하세요? 혹시 센터 안에서 불미스러운 사건이 생겼단 소문이 퍼지면 사업에 문제가 될까 봐 그러세요?"

주원은 거리낌 없이 무례를 범했다. 하지만 선배는 맞불을 놓지 않았다. 그렇다고 주원의 말에 영향을 받아 심경의 변화가 생긴 것 같지도 않았다. 그의 굳건한 표정은 변함이 없었다. 그러고 보니 태일에게 들은 적이 있었다. 선배는 연쇄살인마가 자신을 노리고 있다는 사실을 전혀 믿어주지 않는다고, 말을 꺼내는 것만으로도 질색한다고 말이다. 아무래도 지금도 그러한 상태인 듯했다. 잠시 뒤, 선배는 단호한 목소리로 말했다.

"충격을 받아서 여러 생각이 드는 건 이해해요. 그렇지만 이 일은 단순 사고예요. 괜히 태일이를 끌어들여서 쓸데없는 짓 하지 않으시면 좋겠네요."

오후가 훌쩍 지났다. 그때까지 주원은 병원을 떠나지 않았다. 야외 정원 벤치에 앉아 기다렸다. 비보를 듣고 기차를 타신 태일의 부모님이 도착하시기를. 그전에 태일이 너무 잤더니 좀이 쑤신다며 기지개를 켜고 일어나기를. 때맞춰 상혁이 너희들이 하도 안 와서 나 혼자 창고에서 탈출했다며 당당하게 나타나기를, 하염없이 기다렸다.

이럴 때가 아닌데. 혼자서라도 친구들에게 무슨 일이 있던 건지 조사해야 하는데.

머리론 알았지만, 몸이 따르지 않았다. 이틀 사이 감당하기 벅찬 일이 연달아 일어나자 감당할 의지 자체가 사라져 버렸다. 상혁은 죽었는지 살았는지 모르겠고, 태일은 살지 죽을지 모르겠고. 갑작스러운 이 현실이 도무지 믿기지 않았다. 너무 안 믿겨서 꼭 악몽 속에 있는 것 같았다.

이제부터 뭘 해야 하지?

아무 생각이 나지 않았다. 슬픔도 두려움도 느껴지지 않고 그저 몽롱했다. 어차피 악몽이니까 이러나저러나 전부 상관없지 싶었다. 그러자 얼마 뒤, 조각조각 두서없는 악몽에서나 일어날 법한 일이 벌어졌다.

"여기 계셨네요."

주원의 발 앞에 가지런히 발을 세운 누군가가 말했다. 주원은 천천히 고개를 들었다.

"한참 찾았어요."

눈앞에 백산이 있었다. 여길 어떻게? 주원이 궁금해하는 사이 자연스럽게 곁에 앉은 백산이 아직 입 밖으로 꺼내지 않은 질문에 대한 답을 했다.

"우연히 소식을 들었어요."

그러고는 알아서 자신이 등장한 경위를 밝혔다.

"얼마 전부터 러닝을 시작했거든요. 매일 아침 태

일 씨가 일하는 센터 앞을 지나가는데, 오늘은 이상하게 문이 닫혀 있더라고요. 느낌이 이상해서 근처 편의점 사장님한테 물어봤다가 사고에 대해 들었어요. 새벽에 태일 씨가 응급차에 실려 갔다고."

그럴듯한 이야기였다. 물론 백산이 사고 소식을 알 수 있는 다른 경로가 있긴 했으나, 주원은 그 점을 파고들지 않았다. 대신 더 신경 쓰이는 일을 물었다.

"그래서 굳이 여기에 온 거예요? 난 왜 찾았어요?"

곧바로 백산의 표정이 어두워졌다.

"그냥 좀 신경이 쓰여서요."

그러고는 그늘진 얼굴로 말을 이었다.

"저희 사이에 늘 좋은 일만 있었던 건 아니지만, 솔직히 나쁜 일도 있었지만, 그래도 함께 동굴에서 살아 나온 사이잖아요. 기적적으로 두 번째 인생을 얻었는데 1년도 안 돼서 이런 일이 생겼다고 하니… 마음이 안 좋더라고요."

거짓말이었다. 듣자마자 알 수 있었다. 그때 백산이 다시금 입을 열었다.

"태일 씨 상태는 좀 어때요? 깨어나실 수 있을 거 같나요?"

진짜 용건은 이쪽이었나? 백산은 아무래도 태일을 깔끔하게 처리하지 못한 점이 신경 쓰여 찾아온 듯했다. 주원은 일부러 제대로 답하지 않았다.

"어떻게 될지 몰라요."

"그래요?"

백산은 안타까운 표정을 지으며 두 손을 가지런히 모았다. 그 순간 주원의 시선이 그의 왼손에 꽂혔다. 정확히는 손등에 붙은 커다란 반창고가 거슬렸다.

"손, 다쳤네요."

주원이 슬쩍 언급하자 백산이 얼버무리듯 말했다.

"네. 어쩌다 보니."

"어쩌다 보니… 언제요? 어디서요?"

"어젯밤에요. 어디서인지는 말씀드려도 모르실 거예요."

"뭘 하다가요?"

"그냥 좀 방심했어요."

백산이 멋쩍은 얼굴을 했다. 그 순간 주원은 똑똑히 들었다.

뚝.

이성의 끈이 떨어지는 소리를 말이다. 다음 순간, 주원은 더는 자신을 통제할 수 없었다. 그냥 냅다 주먹을 날려버렸다. 허공을 가른 주먹은 정확하게 백산의 코에 꽂혔다. 백산은 곧바로 벤치에서 떨어졌다. 주원은 벤치에서 내려가 코피를 쏟으며 나자빠진 백산의 배 위에 올라탔다. 그리고 양손으로 목을 졸랐다. 손등에 핏줄이 불거질 만큼 있는 힘을 다해 숨통을 틀어막았다. 순식간에 백산의 얼굴이 하얗게 질렸다. 동시에 주원의 손도 하얘졌다. 그때 백산이 천천히 입술을 떼고 말했다.

"너무 힘주시는 거 아니에요?"

낭랑한 목소리였다. 주원은 악력을 풀었다. 그리고 고개를 옆으로 돌렸다. 멀쩡히 벤치에 앉아 있는 백산이 보였다. 그는 주먹을 꽉 쥔 주원의 손을 물끄러미 내려보고 있었다.

상상 속에서만 폭력을 행사했을 뿐 실제로는 다소 곳이 앉아 있던 주원은 주위를 둘러봤다. 원대로 미쳐 날뛰기엔 날이 너무 밝았다. 주변을 산책하는 사람도 많았다. 그가 지닌 이성의 끈은 이런 곳에서 폭발할 정도로 가늘지 않았다. 뚝뚝 끊어진 뒤에도 간신히 남아 위태롭게 지탱됐다. 그때 백산이 아슬아슬한 상태인 주원을 자극했다.

"태일 씨가 빨리 깨어나길 바라요."

또다시 뻔뻔하게 거짓말하고는 주원이 정말로 폭발하기 전에 슬며시 일어났다. 그리고 떠나기 직전, 빈말이 아닌 듯한 인사말을 던졌다.

"그럼, 또 봬요."

또 보자고? 우리가 왜? 주원과 백산은 친구가 아니다. 일로 엮인 동료도, 지인이 겹치는 동창도, 터전을 공유하는 이웃도 아니다. 두 사람이 다음 만남을 기약해야 할 이유는 전혀 없었다. 적어도 주원 쪽에선 그랬다. 다시는 꼴도 보기 싫었다. 하지만 백산의 입

장은 달랐다. 고지가 눈앞이니까. 이제 딱 한 명 남았
으니까.

'누가 순순히 당할 줄 알고.'

해가 중천일 무렵, 주원은 병원을 떠났다. 백산을
마주하고 나니 정신이 번쩍 들었다. 멍하니 앉아 있
다가 쥐도 새도 모르게 당하는 일은 사절이었다.

상혁과 태일은 어떻게 당한 걸까?

전혀 감이 오지 않았다. 한 발 건너 하나 감시망이
널려 있는 사회에서 하루아침에 성인 남자 둘의 생사
가 모호하고 위태로워졌는데 그 자초지종이 제대로
파악되지 않는다는 점이 기이했다. 이쯤 되니 백산은
치밀한 연쇄살인마가 아니라 마치 재앙처럼 느껴졌
다. 한낱 인간 따위 아무 흔적 없이 쓸어버리는 무자
비한 재앙. 하지만 무릇 인간이란, 피할 수도 무찌를
수도 없는 재앙 앞에서도 끝까지 발버둥 쳐보기 마련
이었다. 주원은 마지막으로 발악했다.

그 산으로 향했다.

'백산의 정체를 밝혀낼 증거를 찾아낼 거야.'

그 일을 성공할 가능성이 거의 없단 사실을 모르지 않았다. 그렇지만 상혁의 집 근처나 태일의 직장 근처를 기웃거리며 백산이 실수로 남겼을지 모를 흔적을 쫓느니 오래전에 파묻은 증거를 찾는 편이 성공 확률이 더 높다고 여겨 무작정 시도했다.

아직 날이 환할 때, 주원은 험준한 산속으로 들어갔다. 그러고는 곧바로 친구들과 함께 진행하다 중단한 작업을 재개했다. 삽 한 자루를 손에 쥔 채 닥치는 대로 땅을 팠다. 조금이라도 수상해 보이는 지점은 모조리 파헤쳤다. 머잖아 호흡이 거칠어지고, 진땀이 흐르고, 손에 잡힌 물집이 터져 피가 났다. 하지만 개의치 않았다. 독초도 뱀도 벼랑도 신경 쓰지 않은 채 오로지 증거를 찾는 일에만 몰두했다. 심지어 조력자의 존재까지 잊어버렸다.

"괜찮아?"

한참 만에 조력자가 이렇게 말했을 때에야 주원은 비로소 그 존재를 떠올리고 옆을 보았다. 그곳엔 땀에 젖은 효진이 있었다.

몇 시간 전, 등산을 결심한 주원이 장비를 챙기러 동물병원에 들렀을 때, 효진이 그의 상기된 얼굴을 보고 따라나섰다. 그리고 얼결에 같이 등산하여 손에 삽을 쥐었다. 이후 한동안 힘을 보태주다 주원의 몸 상태가 안 좋아졌음을 눈치채고 휴식을 권했다.

"잠깐 쉬는 게 어때?"

하지만 주원은 그럴 마음이 전혀 없었다. 삽질을 계속하며 말했다.

"그럴 시간 없어. 백산이 언제 찾아올지 모르니까. 그 전에 빨리 뭐라도 찾아내야 해. 그래야만 상혁이랑 태일이의 한을 풀어줄 수 있어."

주원은 한껏 비장하게 굴었다. 하지만 효진은 심각해지지 않았다.

"애들 아직 안 죽었어. 멋대로 죽이지 마."

"공식적으론 그렇지."

"사실이 그런 거야. 그러니까 지레 나쁜 쪽으로 생각하지 말라고. 상혁인 언제라도 제 발로 돌아올 수 있어. 태일이도 언제든 멀쩡하게 깨어날 수 있고."

주원이 미심쩍은 얼굴로 물었다.

"진짜 그렇게 생각해?"

효진이 담백한 목소리로 확언했다.

"응. 사람 일은 모르는 거니까."

그 태도에 이상하게 위안이 됐다. 효진의 말마따나 정말로 사람 일은 모르는 것이었다. 불과 어제 아침까지만 해도 다시는 그녀와 단둘이 있지 않겠다고 결심했는데, 그 의지를 꺾고 말고 할 새도 없이 이렇게 또 함께하게 되었으니까. 그 말인즉 당장 5분 뒤에라도 어떤 기적이 일어날 수 있다는 뜻이었다. 주원은 마음을 담대하게 먹고 초조함을 떨쳐냈다. 그리고 잠시 휴식을 취한 뒤 심기일전하여 삽을 쥐었다.

오래지 않아 하늘이 붉어지기 시작했다. 하지만 주원과 효진은 하산할 마음이 없었다. 기왕 이렇게 된 거 할 수 있을 때까지 해보자는 오기가 생겨 점점 더 작업에 몰두했다. 도시와는 비교도 되지 않는 칠흑같은 어둠이 금세 주변을 삼켰다. 그렇지만 두 사람은 미리 준비해 온 헤드 랜턴을 머리에 쓴 채 한 줄기

빛에 의지해 작업을 계속했다. 제법 오랜 시간 동안 거친 숨소리와 땅이 들썩거리는 소리만을 내며 묵묵히 움직였다. 그러던 어느 순간.

"어? 뭐야?"

갑자기 불협화음 같은 하이 톤의 소리가 깊은 산중에 울렸다. 효진의 혼잣말이었다. 무언가 이상을 감지한 효진은 곧장 작업을 멈췄다. 바로 그 시점에 그녀의 시선은 자신이 작업하던 땅이 아닌 주원을 향해 있었다. 효진이 쓴 헤드 랜턴의 곧은 빛이 어둠을 가르며 주원의 얼굴을 동그랗게 비추었다. 초점 없는 눈으로 넋이 나간 얼굴을 말이다.

"갑자기 왜 그래?"

확실히 이상을 감지한 효진이 물었다.

"무섭게 왜 그러냐고."

즉시 돌아오지 않는 답에 조바심을 내며 채근했다. 그러자 주원이 천천히 한 손을 들어 올리며 홀린 듯이 중얼거렸다.

"진짜 기적이 일어났어."

그의 손끝에서 폭신한 물건이 덜렁거렸다. 산중에서 저절로 생겼을 리 없는 그 물건은 토끼 인형이었다. 본디 분홍색이었으나 피에 젖어 얼굴과 몸통 반쪽이 적갈색으로 물든 토끼 인형이 주원에게 목덜미를 잡힌 채 활짝 웃었다.

8

깊은 산중에 폴리스 라인이 둘렸다. 공식적인 수사의 막이 열렸다. 산속에서 주원이 발견한 토끼 인형은 피에 젖은 괴이한 상태 때문에 경찰서에 제출하자마자 살인사건의 증거물로 채택되었다. 머잖아 정밀검사를 통해 인형의 주인이 2년 전에 실종된 8세 여아란 사실이 밝혀졌다. 경찰은 토끼 인형이 발견된 근처에 아이의 시신이 있을지 모른다는 합리적인 추론하에 수색을 시작했다. 적절한 훈련을 받은 이들이 수색견을 대동한 채 연일 산중을 뒤졌다. 물론 최초 발견자들에 대한 조사도 이뤄졌다.

주원과 효진은 나란히 앉아 진술했다. 인형을 발견한 상황과 경위에 대해 낱낱이 밝혔다. 후자에 해당하는 이야기는 사실상 주원 혼자 했다.

"몇 달 전에 친구들이랑 그 산에서 길을 잃었어요."

주원은 여기서부터 말을 시작했다. 그리고 이렇게 말을 맺었다.

"아이를 죽인 범인은 백산이 틀림없어요."

철제 테이블 맞은편에 앉은 형사는 꽤나 장황한 주원의 이야기를 사뭇 진지하게 들었다. 주원이 방을 떠나는 순간까지 그는 단 한 번도 진지한 표정을 풀지 않았다.

오래지 않아 백산은 일명 '토끼 인형 사건'의 용의선상에 올랐다. 비공개로 진행된 수사라 담당 형사들은 취재에 응하지 않았지만, 대학가에 퍼지는 소문까지 막을 수는 없었다. 학교에서 제법 유명한 백산이 강력범죄에 연루되었다는 사실은 학생들 사이에서 흥미로운 가십거리가 되었다. 이러저러한 정보들이 SNS를 통해 빠르게 퍼져나갔다. 주원은 개중 신뢰할

만한 정보들을 취합해 백산이 유력한 범인으로 지목

되고 있단 사실을 유추하고 쾌재를 불렀다.

"드디어 그 자식을 끝장내게 됐어."

마음껏 기뻐하며 환호했다. 그리고 자신이 그럴 수

있다는 사실에 감사했다. 만일 상혁과 태일이 곁에

없었다면, 그는 찢긴 승전기가 휘날리는 폐허 속에

홀로 남겨진 병사처럼 쓸쓸한 기분만을 느꼈을 테니

말이다. 하지만 천만다행히도 상혁과 태일은 토끼 인

형 사건 수사가 막 시작될 무렵 무사히 주원의 곁으

로 돌아왔다.

먼저 돌아온 이는 태일이었다. 그는 질긴 생명력을

발휘해 중환자실에서 눈을 떴다. 이후 순조롭게 건강

을 회복했다. 상혁은 태일이 눈을 뜬 날로부터 정확

히 사흘 뒤에 돌아왔다. 마지막으로 봤을 때보다 초

췌해지긴 했으나 크게 다친 곳 없이 나타났다.

"어떻게 된 거야? 무슨 일이 있었던 거야?"

주원은 친구들과 대화가 가능해진 순간, 당연하게

도 이 질문부터 던졌다. 그리고 그들로부터 전혀 생

각지도 못했던 답변을 받았다.

태일은 이렇게 말했다.

"사실… 사고가 있던 날 술을 좀 마시고 물에 들어갔어."

상혁은 이렇게 말했다.

"전국을 돌아다니며 죽을 자리를 찾았어. 도박으로 전 재산을 날려서 더 살아갈 자신이 없었거든."

주원은 당황했다.

"응?"

친구들이 백산 때문이었다고 말하면 어떻게든 그 일까지 엮어서 처벌받게 하자고 목소리를 높일 셈이었는데, 전혀 생각지 못한 답변이 돌아오자 말문이 막혔다.

하지만 금세 아무려면 어떠냐 싶었다. 비록 태일은 오랫동안 병원 신세를 면치 못하게 됐고 상혁은 땡전 한 푼 없이 재산을 다시 모아야 할 처지가 됐지만, 어쨌든 둘 다 생명을 놓지 않았으니 무탈한 것과 다름 없다고 여겼다. 그들 주변에 있던 시한폭탄은 안전하게 제거되었다. 그러니 이제는 마음을 놓고 예전처럼 일상을 영위하면 된다고 믿었다. 바로 그즈음이었다.

세 사람의 지인들 앞으로 익명의 편지가 도착했다.

편지를 받은 사람은 주원의 아내와 상혁의 동료, 태일의 선배였다. 익명이 무색하게 편지를 보낸 사람은 빤했다. 백산이었다. 편지 속 내용이 그밖에 모르는 내용이었기 때문이다.

비밀은 개뿔. 그날 그 동굴에서 나눈 비밀 중 지켜진 건 단 하나도 없었다. 편지에는 가지런한 글씨로 주원이 효진과 종종 만나며 처신을 잘못한 일과 태일이 음주를 즐기며 주변인을 기만한 일과 상혁이 카지노를 드나들며 불건전한 취미를 일삼아 온 일이 적혀 있었다. 세상에 공개되면 세 사람을 곤란하고 부끄럽게 만들 사실이 말이다.

아, 이건 어디까지나 석 달 전에 공개됐을 때의 이야기다. 비밀을 발설한 시점부터 시간이 제법 흘렀을 때는 상황이 많이 달라졌다. 민정이 편지를 읽기 무섭게 추궁했다.

"여기 적힌 효진이 자기랑 산속에 같이 있던 그 효진이야?"

가뜩이나 주원과 효진이 깊은 밤 함께 산속에 있던 경위를 수상쩍게 여기고 있던 민정은 단번에 날을 세웠다. 주원은 되지도 않는 부정을 하는 대신 순순히 실토했다.

"맞아."

"그동안 거짓말하면서 계속 밖으로 나돈 이유가 바람이 나서였어?"

민정이 조금 더 날을 세웠다. 이에 주원은 손사래를 치며 강력히 부정했다.

"뭐? 아니야. 그건 절대로 아니야."

"아니긴 뭐가 아니야! 내가 다 알아봤어. 자기가 아버지 급사했다던 동창, 알고 보니까 어려서부터 홀어머니 밑에서 자랐던데? 당장 전화해서 확인해 볼까?"

"아니, 거짓말을 안 했다는 게 아니라 하긴 했는데, 바람 때문이 아니었다고. 다 백산 때문이었어. 전에 설명했잖아. 자기가 걱정할 것 같아서 괜찮은 척했지만, 사실은 엄청 무서웠다고. 백산한테서 벗어나려고 몰래 노력해 왔다고."

"그럼, 이 여자랑은 한 번도, 아무 일도 없었어?"

민정이 눈을 빛냈다. 그 순간 주원은 일생일대의 고민에 빠졌다. 무엇이 앞날을 위한 최선의 답일지 머리를 굴리다 이내 이번만큼은 진실해지기로 결심하고 말했다.

"딱 한 번 있었어."

솔직하게 고백했다.

"진료실에서, 와인을 마시고 취해서… 딱 한 번."

덧붙여 설명했다. 그때 일은 정말로 실수였다고. 몇 시간 뒤 깊은 자괴감을 느꼈고, 다시는 효진과 단둘이 있지 않겠다는 결심을 했다고. 우습게도 곧바로 상황이 이상하게 흘러가서 다음 날 함께 산속에 있다가 나란히 참고인 신분이 되어버렸지만, 여전히 자신은 효진에게 아무런 사심이 없고, 다시 만날 의향 역시 없다고 말이다.

"진심이야."

주원은 조금도 꾸밈없는 얼굴로 말했다. 그러나 그를 바라보는 민정의 표정은 싸늘하기 그지없었다. 서로 알고 지낸 8년 동안 처음 보는 표정이었다. 잠시 뒤, 민정은 표정만큼이나 냉랭한 목소리로 말했다.

"우리, 당분간 떨어져 있자."

그날로 주원은 집을 떠났다. 집과 그다지 멀지 않은 호텔에 묵으며 이제나저제나 민정의 연락만을 기다렸다. 하지만 대화할 마음의 준비가 끝나면 연락하겠다던 민정에게선 오랫동안 소식이 오지 않았다. 대신 객실로 친구들이 찾아왔다.

"나 이제 어떡하냐?"

주원이 수심에 찬 얼굴로 말했다. 그러자 상혁과 태일이 그보다 더 침울한 표정을 지으며 중얼댔다.

"진짜 어떡하냐?"

그들의 한탄은 주원을 위한 것이 아니었다. 각자 자기 자신을 걱정하는 것이었다.

전 재산을 탕진하고 자살을 고민하며 유랑하기 전 상혁은 합법적인 카지노가 아닌 불법 도박장을 전전했다. 그 사실을 익명의 편지를 받은 상혁의 동료가 알아냈다. 평소 상혁을 눈엣가시로 생각했던 동료는 냉큼 범죄 사실을 신고했고, 졸지에 전과가 생긴 상혁은 직장에서 해고당했다.

술에 취해 수영장에서 사고를 당하기 전 태일은 센터 안에서 매일 몰래 술을 마셔왔다. 역시 익명의 편지를 받은 태일의 선배가 그 사실을 알아냈다. CCTV를 돌려보다 태일이 만취상태로 미취학 아동을 돌봤다는 사실을 알게 된 선배는 단칼에 태일을 해고했다. 사고가 없었기에 신고까지 하진 않았지만, 주변 사람들에게 태일의 비행을 알리며 그가 명예를 잃고 개망신을 당하도록 만들었다.

처음 그 소식을 전화로 들었을 때, 주원은 일단 놀랐다.

"그동안 나 몰래 뭘 했다고?"

그리고 어이없어 했다.

"불법 도박에 근무 중 음주라니, 대체 왜 그런 짓들을 한 거야?"

그 마음은 객실로 찾아온 친구들을 대면했을 때도 달라지지 않았다. 구석에 웅크리고 앉아 실의에 빠진 그들의 모습을 보는 동안에도 마찬가지였다. 주원의 마음속엔 스스로가 놀라울 정도로 한 치의 동정심도 안쓰러움도 생기지 않았다. 도리어 친구들이 한심하게 느껴졌다. 솔직히 자신의 실수가 친구들의 잘못과 한자리에서 논해지는 것 자체가 말이 안 된다는 생각이 들었다. 자신이 민정에게 상처를 준 것은 사실이지만, 이는 어디까지나 개인사이지 않은가? 실제로 범죄를 저지르거나 범죄에 준하는 행동을 저지른 것과는 차원이 달랐다. 그때 주원의 곱지 않은 시선을 눈치챈 상혁이 말했다.

"왜 그렇게 보냐?"

주원은 움찔했다. 아무래도 오래 알고 지낸 만큼 눈빛만 봐도 서로의 속마음을 짐작하기 쉬웠다. 그래서 서둘러 눈길을 돌리며 말했다.

"아무것도 아니야."

하지만 이미 주원의 매몰찬 표정을 읽어낸 태일이 채근했다.

"아닌 게 아닌데? 뭔데? 할 말 있으면 똑바로 해."

주원은 두 번 회피하지 않았다. 진실을 말하지 못할 것도 없었다. 상대의 기분을 헤아리며 말을 가려서 하는 일은 정신적인 여유가 있을 때나 하는 일이지, 마음이 메마르고 꽉꽉할 때는 불가했다. 주원은 서슴없이, 오로지 악감정만 가득 담긴 말들을 쏟아내기 시작했다.

"솔직히 너넨 성격에 문제가 있어."

2막

9

사흘 내내 비가 내렸다. 빗소리와 개소리가 쉴 새 없이 귓가를 때렸다. 하지만 주원은 멀쩡했다. 더는 공황 증세로 호흡곤란을 겪으며 괴로워하지 않았다. 작년 이맘때쯤 별의별 일을 다 겪다 보니 조난 사고의 트라우마 따윈 진즉에 옅어졌다.

주원은 쉴 새 없이 움직였다. 개들을 실내로 들여보내고 마당을 정리했다. 그의 움직임에는 군더더기가 없었다. 신속하고 노련했다. 1년 내내 해온 일이니 당연했다.

1년 전, 집을 떠나 호텔에 묵었던 주원은 결국 집으

로 돌아가지 못했다. 민정의 강력한 요구로 끝내 이혼했다. 그 무렵 동물병원도 정리했다. 아이고, 세상 좋은 사람인 것처럼 굴더니만 추잡스럽기 짝이 없네, 낯짝도 두껍지, 하고 속닥이는 지인들의 입방아를 견디기 어려워서였다. 본디 뒷담화란 나눠지면 나눠질수록 과해지는 경향이 있어서 머잖아 주원이 하지 않은 짓까지 한 것처럼 소문이 퍼져 다소 억울한 감이 있었지만, 누굴 탓하겠는가. 주원은 변명할 기회조차 얻지 못하고 헐값에 병원을 팔았다.

이후 한동안 싼 모텔에 칩거하던 그는 어느 날 술에 취해 유기견 보호소를 방문했다. 왜 하필 그곳이었는지, 무엇에 이끌렸던 건지 모르겠지만 어쨌든 마음 가는 대로 들렀고, 다행히 문전박대당하지 않았다. 소장은 평소처럼 주원을 맞아주었다.

"어서 와."

그리고 건너 건너 들어서 모를 리 없는 주원의 잘못을 모르는 척하며 해장거리를 내어주는 대신, 시원하게 욕을 한 바가지 해주었다.

"멍청한 놈, 정신을 바짝 차렸어야지."

예전에 자신이 했던 말을 상기시키며 말했다.

"인간은 희한하다고 했잖아. 좋은 놈 나쁜 놈이 하늘과 땅 차이라고."

그러고는 당시엔 하지 않은 말을 덧붙였다.

"그놈들이 따로 있는 줄 알았어? 정신을 어디에다 두고 사느냐에 따라 이런 놈도 됐다, 저런 놈도 됐다 하는 거야. 그 나이 먹도록 그것도 몰랐냐."

몰랐을 리가. 주원도 알고 있었다. 동화를 믿을 나이는 한참 전에 지났기에 세상에 선인과 악인이 명확히 나뉘어 존재하지 않다는 걸, 누구나 상황과 환경, 의지에 따라 이럴 수도 저럴 수도 있다는 걸 알았다. 다만 잊었을 뿐이었다. 변명하자면, 마음의 여유가 없었다. 하루아침에 연쇄살인마의 손에 끔찍하게 살해당할지도 모른다는 생각에 사로잡혀 온 신경이 생존에 쏠리는 통에 정신이 붕괴했다.

"그래서였어."

이혼하기 직전 주원은 이 점을 충분히 어필했다.

129

"몇 달 동안 스트레스가 너무 심했어. 그래서 실수한 거야. 평소의 나라면 절대 안 그랬을 거 알잖아? 진심으로 널 배신한 게 아니야. 그냥 사고 같은 거였다고. 형사재판에도 정상참작이 있으니까 그때 내 상황을 좀 고려해 주면 안 될까?"

주원은 눈물로 호소했다.

"이게 다 백산 때문이야. 그런 범죄자의 농간으로 우리가 헤어질 수는 없는 거잖아."

하지만 민정의 의견은 달랐다.

"아니야. 주원아."

민정은 차분히 말했다. 분노에 사로잡혀 흥분하지도 않고 경멸을 표하며 차갑게 굴지도 않았다. 차라리 그랬다면 좋았을 텐데. 그저 서글피 그들이 헤어지는 이유를 정정했다.

"너 때문이야."

빗줄기가 굵어졌다. 주원은 가림막이 쳐진 평상에 앉아 쏟아지는 장대비를 구경했다. 불과 1년 전만 해도 상상도 못 할 일이었다. 평일 점심시간에 출근하는 대신 유기견 보호소 일을 돕고, 남는 시간엔 혼자 허공을 바라볼 줄 말이다. 인생 참 얄궂네, 라고 생각하며 주원은 오랜만에 민정의 목소리를 떠올렸다.

'너 때문이야.'

해 질 무렵, 주원은 추적거리는 빗속을 뚫고 귀가했다. 보호소와 조금 떨어진 곳에 마련한 집. 8개월 동안 혼자 살고 있는, 쓸데없이 방이 세 개나 있는 구축 아파트로 향했다.

현관문을 여는 순간 어둠이 펼쳐졌다. 그 속으로 발을 들이자 적막 가운데 자신의 숨소리만이 울려 퍼졌다. 주원은 매일 되풀이하는 일과를 수행했다. 샤워를 하고, 마트에서 대량 구매해 쟁여놓은 반찬과 함께 밥을 먹고, 세탁물을 개킨 뒤 책상 앞에 앉았다.

처음 이런 생활을 시작했을 땐 암담했다. 어쩌다 저녁 시간이 이토록 조용하고 지루해졌는지… 너무 한탄스러워 누구라도 탓하고 싶었다. 하지만 지금은 아니었다. 주원은 자신의 생활이 달라진 건 그 누구도 아닌 바로 자신 때문이라는 점을 인정했다. 경솔하고 방종한 행동에 대한 대가였다. 이를 받아들이자 서서히 마음이 편해졌다. 그리고 앞으로의 생활을 바꿀 사람 역시 자신뿐이라는 사실을 깨달았다.

주원은 책상 위에 놓인 노트북을 펼쳤다. 바탕화면 한가운데 있는 파일이 보였다. 지난 한 달간 새 동물병원을 개업하기 위해 작성한 사업계획서였다. 주원은 파일을 꼼꼼히 살피며 인터넷에서 구매해야 할 물품을 검색했다. 그러다 자정이 5분 남았을 무렵, 자신도 모르게 하품을 하고는 곧바로 모든 창을 닫았다. 하지만 노트북을 덮진 않았다. 마지막으로 딱 한 가지를 더 확인하기 위해서였다.

백산이 오늘 올린 게시물.

사나흘에 한 번꼴로 보란 듯이 올라오는 SNS 게시물에 따르면 백산은 아직 자유의 몸이었다. 산속에서 아이의 시신이 발견되지 않아 수사가 난관에 빠지는 바람에 끝내 용의자에서 피의자 신분으로 전환되지 않았다. 그의 생활은 한때 조금 어수선했을 뿐 현재는 순탄했다. 여전히 가족의 지지를 받았고, 순조로이 학업을 이었고, 간간이 여행을 다니거나 취미 활동을 하며 여가를 즐겼다. 물론 친구들과 우호적인 관계도 유지했다. 같은 기간에 가족도 직업도 절친한 친구들도 모두 잃은 주원과는 대조적이었다.

'이건 불공평하지.'

주원은 어금니를 꽉 깨물고 치밀어 오르는 울화를 눌렀다. 그리고 지금쯤 상혁과 태일도 자신 못지않게 어금니가 상해 있으리라 짐작했다. 서로 연락하지 않은 지 오래되어 장담할 순 없었으나 그들이 자신처럼 백산의 SNS를 염탐하고 있다면 필시 그러리라 여겼다.

주원이 두 친구와 마지막으로 연락한 건 1년 전이었다. 정확히는 다 같이 호텔에 모여 싸웠던 날이다. 그날 갑작스러운 몰락에 들끓는 화를 어찌할 줄 모르던 세 사람은 눈앞에 있는 서로에게 무지성으로 화를 쏟아냈다. 그래도 내가 너보다는 낫다며 거침없이 상처를 줬다. 이후 각자 피해를 복구하는 일에 정신이 팔려 누구도 먼저 화해를 청하지 않은 채 자연스럽게

멀어졌다. 한때는 언제 만나도 이상하지 않은 사이였으나 이제는 문자 한 통을 보내기도 망설여지는 사이가 되었다.

'새로 병원을 열어도 알려주지 못하겠지.'

주원은 씁쓸한 생각을 하며 모니터에 시선을 두었다. 언제 보아도 소름 끼치는, 해사한 미소를 띤 백산의 얼굴을 보며 악에 받친 심정으로 생각했다.

'대체 이 자식은 언제쯤 대가를 치를까?'

이 세상에 정의가 살아 있다면, 그는 반드시 처벌받아야 마땅했다. 주원과 상혁과 태일이 그랬듯 스스로 지은 죄로 인해 자멸해야 했다. 다행히 아직 수사가 완전히 종결된 건 아니니 희망은 있었다. 더도 말고 덜도 말고 제대로 된 증거가 딱 하나만 나오면 되었다. 그렇게 되면 백산은 남들보다 근사한 인생을 살았던 만큼 더 높은 곳에서, 더 빠른 속도로, 누구의 도움도 받지 못한 채 처절하게 떨어질 것이 분명했다.

그날을 상상하며 주원은 겨우 인내심을 발휘했다. 크게 심호흡하고 당장 할 수 있는 유일한 일을 했다.

눈앞에 버젓이 있는 연쇄살인마를 재판장으로 끌고 갈 힘이 없어서 그저 빌었던 동굴에서처럼 아니, 그때보다 더 간절한 마음으로 저주했다.

'빨리 지옥에 떨어져라.'

그러고는 노트북을 덮고 잠자리에 들 준비를 하기 위해 일어났다. 바로 그때였다. 충전기를 꽂아 책상 위에 올려둔 핸드폰이 짧게 울렸다.

"어?"

주원은 자신도 모르게 소리 내어 반응했다. 이 시간에 누군가에게서 연락이 오는 일은 드물었기 때문이다. 그때 핸드폰이 한 번 더 울렸다.

'뭐지?'

주원은 천천히 핸드폰을 손에 쥐고 화면에 시선을 두었다. 그러자 조금 전 문자를 연달아 보낸 사람의 이름이 보였다. 저장은 돼 있지만 생소한 이름이었다.

'박준기? 누구더라?'

주원은 갸웃하며 기억을 더듬었다. 그 순간.

"앗!"

불현듯 기억이 떠올랐다. 박준기 형사. 좁고 어둑한 방에서 철제 테이블을 사이에 두고 주원이 늘어놓는 믿기 어려운 이야기를 진지하게 들어주었던 사람이었다. 사건 초기에만 개입했다가 금방 빠져서 그간 잊고 지냈는데, 갑자기 이 사람이 왜?

주원은 얼른 핸드폰 잠금을 풀었다. 그리고 그가 보낸 두 통의 짤막한 문자를 읽었다. 모르는 단어는 하나도 없었다. 맥락 또한 복잡하지 않았다. 그런데 이상하게 뜻이 한눈에 이해되지 않았다.

주원은 단 두 문장에 불과한 문자를 읽고 또 읽었다. 책상 앞에 도로 앉아 자정이 한참 넘을 때까지 수없이 읽었다. 그러고는 마침내 결심했다. 주원은 한 통의 문자를 작성해 전송했다.

오늘 만나자.

수신인은 상혁과 태일이었다.

10

석양이 내릴 무렵, 주원은 옛날 동네에 방문했다. 북적이는 번화가를 지나 중심가에 있는 식당에 들어갔다. 한때는 자주 들르던 곳이었다. 입구를 지날 때 벽면에 걸린 요란한 그림이 눈에 들어왔다. 낯익은 사물을 보자 문득 반가우면서도 쓸쓸한 기분이 들었다. 하지만 지금은 감상에 젖을 때가 아니었다. 주원은 곧장 구석 자리로 향했다. 그곳에는 먼저 와서 메뉴판을 보고 있는 이들이 있었다.

"일찍 왔네."

주원은 자연스럽게 빈자리를 채워 앉으며 말했다.

"빨리빨리 좀 다녀라. 사람 불러놓고."

상혁과 태일은 태연하게 주원을 맞이했다. 마치 어제도 그제도 본 사이인 것처럼. "갑자기 왜 연락했어?", "용건이 뭐야?" 같은 얘기는 오가지 않았다. 이미 이유를 알았으니까. 어젯밤, 두 사람도 박준기 형사에게서 문자를 받았으니까 말이다. 그들이 받은 내용은 같았다.

백산 씨는 토끼 인형 사건의 범인이 아닙니다.

첫 번째 문자에서 이렇게 통보한 박 형사는 두 번째 문자에서 지당한 소리를 했다.

무고한 시민을 괴롭히는 건 범죄입니다.

뭐지? 갑자기 이런 소리를 왜? 어젯밤 처음 문자를 봤을 때 주원은 형사의 의중을 바로 파악하지 못했다. 하지만 가만 생각해 보니 이런 뜻인 듯했다. 토끼 인형 사건의 수사 추이는 자세히 알려줄 수 없으나 백산이 범인이 아니란 사실이 분명해졌으니 공연히 접근하지 말라는 경고가 틀림없었다.

"맞지?"

주원의 해석에 상혁과 태일이 동의했다. 나아가 못마땅해했다.

"굳이?"

태일은 어이없다는 투로 말했다.

"그래. 우리가 1년 전에 미친 짓을 하긴 했지. 백산이 범인이니까 당장 잡아 처넣으라고 경찰서에서 지랄했던 거 기억해. 근데 그렇다고 이런 문자를 날릴 필요는 없지 않냐?"

그 말에 상혁이 대꾸했다. 새벽 내내 인터넷 기사를 뒤져 얻어낸 정보를 바탕으로 추론한 형사의 기행에 대한 이유를 공유했다.

"그 형사, 7년 전에 표적 수사를 하다가 한 남자를 자살하게 만든 이력이 있더라. 나중에 밝혀졌는데, 그 남자는 무고했대. 형사는 그 일로 충격을 받아서 한동안 쉬다가 복직했고, 그때부터 누군가를 범인으로 모는 일에 치를 떠는 모양이야. 자살한 남자에 대한 정보는 거의 없었지만 딱 하나는 알아냈어. 20대 대학생이었대. 백산이랑 비슷하지?"

태일이 더 어이없어하며 반문했다.

"그러니까 지금 형사라는 사람이, 개인적인 이유로 백산을 보호하고 싶어 한단 거지?"

이어서 헛웃음을 뱉었다.

"하여간 그 새끼, 운도 좋아."

하지만 상혁은 조금의 웃음기도 없이 말했다.

"운만 좋다고는 할 수 없지. 박준기 형사는 수사 초기에 빠졌잖아. 이어서 수사한 건 다른 형사들이었는데, 어쨌든 백산은 용의선상에서 벗어났어."

그때 주원이 조심스럽게 끼어들었다.

"혹시, 정말로 범인이 아니었던 걸까?"

상혁과 태일은 즉답하지 않았다. 그런데 어째 그들은 주원의 질문을 진지하게 고민하는 표정이 아니었다. 그보단 부정하고 싶은데 마땅히 부정할 근거를 찾지 못해 난감해하는 표정이었다. 어떤 심정인지 알 만했다. 주원도 같은 마음이었으니까. 수사가 어떤 식으로 이뤄졌는지 잘 모르겠으나 어쨌든 그들은 백산이 범인이란 걸 알았다. 백산이 어떤 수를 써서 잘 빠져나갔을 뿐이다.

괜한 질문을 던진 주원은 스스로 이야기를 갈무리했다.

"아니야. 그냥 해본 말이야."

그리고 화제를 돌렸다.

"어쨌든 백산은 이제 완전히 자유의 몸이 된 거지? 앞으로 어떻게 나올까?"

그 질문엔 태일이 즉답했다.

"모르긴 몰라도 다시 살인을 저지르진 않겠지. 한 번 용의선상에 올랐는데 미치지 않고서야 그 짓을 또 하겠어?"

"미친놈 맞잖아."

주원의 대꾸에 상혁이 받아쳤다.

"그냥 미친놈이 아니라 가진 게 많은 미친놈이잖아. 자기가 누리고 있는 모든 걸 다 걸고 그 짓을 또 할 정도로 멍청할 것 같진 않아."

확실히 일리가 있는 말이었다. 주원의 예상도 친구들의 추측과 다르지 않았다. 그렇다면 슬슬 이 얘기를 나누지 않을 수 없었다.

"자, 그럼, 앞으로 우리는 어떻게 할 거야?"

사실 오늘 주원이 친구들에게 만나자고 한 건 이 일을 논하기 위해서였다. 어젯밤, 형사가 보낸 문자의 뜻을 알아챘을 때 주원은 당장이라도 경찰서에 찾아가 한바탕 소란을 피우고 싶었다. 언젠간 백산이 대가를 치르리라는 오랜 믿음이 무너지고, 그 믿음 아래 애써 묻어둔 잔혹한 현실, 인과응보는 언제나 보장되지 않는다는 실상이 떠오르자 감정을 주체할 수가 없었다. 너무 화가 나서 까무러칠 지경이었다. 하지만 그때, 시야에 노트북이 들어왔다. 의식이 노트북 안에 있는 사업계획서로 향했다.

'잠깐만. 이제 겨우 마음을 다잡고 새로운 인생을 꾸릴 준비를 마쳤는데, 지금 소란을 피우면 전부 물거품이 되는 거 아니야? 괜히 백산의 심기만 다시 건드리는 거잖아.'

생각이 이에 미친 순간, 머리끝까지 차올랐던 화가 찬물을 맞은 듯 가라앉았다. 다시금 연쇄살인마의 타깃이 될 수 있단 생각이 스치자 등줄기에 식은땀이 흘렀다. 그 일만은 절대 피하고 싶었다. 사실 곰곰이 따져보면 백산이 죗값을 현실에서 치르든 사후 세계에서 치르든 다음 생에서 치르든 주원과는 관계없는 일이었다. 그의 인생은 그의 인생이고, 자신의 인생은 자신의 인생이지 않은가?

시간을 들여 화를 다스린 주원은 냉철하게 판단했다. 1년이나 집착하던 백산에 대한 소식이 뜻하지 않은 내용으로 전해진 일을 계기로 그에 대한 집념을 내려놓기로 했다. 동시에 그와의 악연도 끊어낼 결심을 했다. 그런데 곧바로 한 가지 사실이 마음에 걸렸다. 그러고 보니 백산과의 악연은 주원 혼자 끊어내고 싶다고 끊을 수 있는 것이 아니었다. 만에 하나 상혁이나 태일이 정의의 사도 노릇을 자처한다면 자연히 소란에 휘말리게 될 것이다. 그래서 두 친구의 의견이 궁금하고, 매우 중요했다.

주원은 조심스럽게 상혁과 태일에게 물었다.

"너희는 앞으로 어쩌고 싶어?"

그 순간, 상혁이 기다렸단 듯 입을 열었다. 주원에게 연락받은 때부터 이 질문이 나오리라 짐작하고 있던 그는 "대답하기 전에 먼저 알릴 일이 있는데" 하고 운을 떼더니 대뜸 이렇게 말했다.

"나 다음 달에 결혼한다."

"뭐라고?"

상상도 못 한 전개에 주원과 태일이 소리쳤다. 그리고 금세 눈치챘다. 말하자면 긴데 그렇게 됐어, 라며 몇 달 전 취직한 중소기업에서 만난 여자와 빠르게 결혼을 준비하게 된 사연을 전하는 상혁의 말 속에는 다시는 백산과 엮이고 싶지 않다는 확고한 의지가 깔려 있음을 말이다. 상혁이 이야기를 마쳤을 때, 바통을 이어받듯이 태일이 자신의 근황을 밝혔다.

"난 요즘 이민 준비 중이야. 내년 이맘때에는 호주에 있을 거다."

그런 식으로 상혁과 같은 뜻을 전했다. 그리고 너야말로 어쩔 작정이냐는 얼굴로 주원을 바라보았다. 주원은 마지막으로 자신의 근황을 말했다.

"난 곧 새 동물병원을 열어."

다행히도 세 사람은 한마음이었다. 그간 여러 우여곡절이 있었지만, 이제는 동굴에서부터 시작된 모든 일을 잊고 새 길을 개척해야 할 때란 사실을 알았다.

주원은 홀로 밤거리를 걸었다. 식당 앞에서 친구들과 헤어지며 택시를 잡을 수도 있었지만, 오랜만에 찾은 동네를 조금 더 걷고 싶은 기분에 번화가를 배회했다.

주변 풍경은 주원이 기억하는 그대로였다. 반가운 간판과 익숙한 사물들이 눈에 들어왔다. 하기야 전쟁이나 지진 같은 국가적 대재앙이 있지 않고서야 거리가 1년 사이에 변모할 리 없었다. 같은 기간에 완전히 달라진 세 사람의 인생과는 사뭇 달랐다.

정처 없이 앞으로 나아가며 주원은 식당에서 친구들과 나눈 이야기를 떠올렸다. 결혼과 이민과 개업에 관하여 쉴 새 없이 주고받은 말들을 복기했다. 그들은 모두 인생의 변곡점에 있었다. 서로 연락하지 않고 지낸 기간 동안 자포자기하거나 도박장을 전전하거나 술독에 빠지지 않고 각자 앞일을 도모해서 다행이었다. 주원은 진심으로 친구들의 선택을 지지하고 응원했다. 하지만 동시에 조금 쓸쓸함을 느꼈다.

지난날에 연연하는 건 미련한 일이기에 앞으로 나아갈 결심을 했지만, 그렇다고 지난날이 아쉽지 않은 건 아니었다. 이 동네를 떠난 이후, 주원은 많은 것들을 그리워했다. 당연하게 누리고 있던 것들. 언제나 곁에 있어서 영원히 곁에 있으리라 착각했던 것들. 진즉에 감사하고 소중히 여겼어야 마땅했던 것들.

문득 주원은 주위를 둘러봤다. 이 거리에서 만든 추억들이 새록새록 되살아났다. 그 모든 추억 속에 민정이 있었다. 함께 걷고, 먹고, 웃고, 싸우고, 다시 화해하고, 나란히 집으로 돌아갔던 그녀와의 기억이 휘몰아쳤다. 잃어버린 그녀와의 일상은 아쉽다는 말로 표현할 수 없었다. 가슴 깊이 사무쳤다.

'민정이는 지금 어디에 있을까?'

갑자기 그녀가 미친 듯이 보고 싶어졌다. 이 거리

에 온 김에 운명처럼 마주쳤으면 했다. 스치듯이 지나쳐도 괜찮았다. 멀리서 뒷모습만 봐도 만족할 것 같았다. 하다못해 목소리만이라도 듣고 싶었다.

'가만, 목소리조차 무리일까?'

주원은 우뚝 걸음을 세웠다. 오가는 행인들이 이상하게 쳐다보든지 말든지 신경 쓰지 않고 붙박이처럼 서 있다가 충동적으로 핸드폰을 꺼냈다. 연이어 평소라면 절대 하지 않았을 짓을 했다. 민정에게 전화를 걸었다. 회한에 젖어 이성을 잃은 탓에 용감무쌍한 시도를 했다. 하지만 그 결과는 금세 드러났다. 민정은 전화를 받지 않았다. 통화 연결음이 길어지는 동안 주원의 이성이 조금씩 돌아왔다.

'나 지금 뭘 하는 거야?'

평정심을 되찾은 주원은 곧바로 전화를 끊었다. 아무래도 이 거리에 괜히 온 것 같았다. 그만 벗어나는 편이 정신 건강에 이로울 듯하여 서둘러 몸을 움직였다. 뒤로 돌아 몇 걸음을 옮겼다. 그런데 바로 그때, 운명 같은 일이 벌어졌다.

주원의 시야에 낯익은 뒷모습이 들어왔다. 이 동네를 떠난 이후 단 하루도 잊은 적이 없는 사람. 스치듯 보아도 결코 착각할 수 없는 사람의 뒷모습이었다. 우연이라도, 꿈에서라도 마주치길 원치 않았던, 백산이었다.

자정이 넘은 시각, 백산은 골목으로 들어갔다. 가로등이 드문드문 서 있는 구불구불한 길을 따라 점점 더 으슥한 곳으로 향했다. 주원은 그 사실을 이상하게 여겼다.

'이 시간에 어딜 가는 거야?'

이러한 의구심을 품을 수 있는 건 주원 역시 같은 길을 따라 걷고 있기 때문이었다.

'난 지금 뭘 하는 거야?'

주원은 자신이 왜 발소리를 죽인 채 백산을 미행하고 있는지 알지 못했다. 그냥 발견한 순간부터 무작정 쫓아버렸다. 어떻게 같은 시간, 같은 번화가에 있었는지 신기해하면서. 진짜 질긴 인연이네, 기막혀하면서. 이 지긋지긋한 악연을 끊으려면 그만 돌아서서야 한다고 자각하면서도 돌아서지 못한 채 계속 걸음을 옮겼다.

백산은 확실한 목적지가 있는 사람처럼 움직였다. 다소 무거워 보이는 가방을 어깨에 짊어진 채 후미진 주택 사이사이를 망설임 없이 지났다. 주저함이 전혀 없는 걸음걸이로 보아 이 길을 한두 번 지난 게 아닌 것 같았다.

'왜? 여기 뭐가 있는데?'

주원은 점점 자라나는 호기심을 주체할 수 없었다. 커진 호기심은 곧 상상력을 발동시켰다.

'혹시 새로운 타깃이 있나?'

아무리 미친놈이라도 한번 살인사건 용의선상에 오른 이상 다시는 살인을 저지르지 못하리란 주원과 친구들의 생각은 어쩌면 지나치게 상식적일지 몰랐다. 애당초 상식을 아득히 뛰어넘는 짓을 일삼았던 백산이라면 높아진 위험부담을 감수하고 아니, 오히려 즐기면서 또다시 살인을 저지를지도 모른단 생각이 불현듯 뇌리에 스쳤다.

'설마….'

주원은 주춤하며 생각했다.

'이대로 가다가 갑자기 범죄 현장을 목격하는 건 아니겠지?'

삽시간에 주원의 머릿속이 복잡해졌다. 만일 백산이 누군가를 해치려는 현장을 목격하면 어떡해야 하지? 말려야 하나? 직접 말릴 수 있으려나? 몰래 신고만 하는 게 나을까? 만일 누군가를 해치기 위해 사전 조사 중인 현장을 목격하면? 그래도 신고해야 하나? 괜히 했다가 또 나만 이상한 사람이 되는 거 아닌가? 증거 삼아 동영상이라도 찍어둘까?

답 없는 생각들이 파도처럼 밀려왔다. 주원은 세찬 물살에 휩쓸린 사람처럼 빠르게 정신이 혼미해짐을 느꼈다. 그래서 의식적으로 집중했다. 눈을 한번 질 끈 감았다 뜨면서 단 하나의 생각으로 다른 모든 생각들을 몰아냈다.

'일단 지켜보자.'

마침 그 시점에 백산이 여정을 멈추었다. 한 주택 앞에 서서 불 꺼진 창가를 올려보았다. 주원은 가로등 뒤에 숨어 다음 상황을 지켜봤다.

'왜? 저기가 누구 집인데?'

숨소리를 죽이다 못해 아예 숨을 참으며 가능한 모든 기척을 지웠다. 바로 그때였다.

별안간 어디선가 경쾌한 멜로디가 울렸다.

유달리 고요한 골목에서 쨍쨍하게 퍼지며 천둥 같은 존재감을 발하는 그 멜로디는 핸드폰 벨 소리였다. 소리의 근원은 주원의 주머니였다.

깜짝 놀란 주원은 반사적으로 핸드폰을 꺼냈다. 그러자 액정에 뜬 발신인이 보였다. 민정이었다.

'진짜로? 이 타이밍에?'

주원은 차마 전화를 받지 못하고 천천히 고개를 들어 올렸다. 그러자 똑똑히 보였다. 어느새 몸을 반대로 돌린 백산이 주원을 빤히 보고 있었다.

주원과 백산은 어둠을 사이에 두고 대치했다. 둘 다 입술을 꾹 다문 채 안광을 빛냈다. 그러는 동안 벨 소리는 끊이지 않고 울렸다. 받아야 하나? 말아야 하나? 잡아야 하나? 도망쳐야 하나? 주원은 전혀 갈피를 잡지 못했다. 바로 그때, 그보다 한발 빨리 다음 행보를 정한 백산이 움직였다. 재빨리 주원에게서 등을 돌리고 냅다 달리기 시작했다.

'뭐야? 도망가는 거야? 난 어떡해야 해?'

주원은 미처 생각을 정리하지 못한 채 얼결에 따라 달렸다. 막무가내로 백산을 쫓았다. 와중에 다리는 왜 이리 가벼운지, 생각지 않게 금방 거리가 좁혀졌다.

'에라 모르겠다. 기왕 이렇게 된 거!'

주원은 한 팔을 뻗었다. 손끝이 백산의 옷깃에 닿았다. 조금만 더 가까워지면 충분히 낚아챌 수 있을 것 같았다. 주원은 두 발에 힘을 가했다. 영차, 높이 뛰어올라 팔을 앞으로 쭉 내밀었다. 그대로 백산과의 거리를 줄이며 가볍게 착지했다.

예상보다 조금 앞선 지점에.

어라? 발끝이 땅에 닿는 순간, 주원은 무언가 잘못되었음을 느꼈다. 몸통이 앞으로 기울어지면서 뻗은 손이 백산의 옷을 낚아채는 대신 그의 등을 밀었다.

우당탕, 백산이 앞으로 고꾸라졌다. 하필 그 지점
엔 깨진 벽돌 더미가 있었다.

11

　사고였다. 주원에겐 백산을 해칠 의중이 전혀 없었
다. 따로 흉기를 준비하지도, 함정을 파둔 곳으로 유
인하지도 않았다. 그냥 얼결에 만나서 밀쳤을 뿐이
다. 정말 사고였는데….

　불 꺼진 거실, 주원은 소파 한가운데 웅크리고 앉
아 자신의 팔목을 보았다. 소매를 적신 백산의 피가
어느새 굳어 있었다. 불과 몇 시간 전에 벌어진 사태
의 증거였다. 하지만 주원은 딱딱한 소매를 매만지면
서도 전혀 현실감을 느끼지 못했다.

　'이게 갑자기 무슨 일이야? 기껏 지난 일은 모두 잊

고 앞으로 나아갈 결심을 했는데, 어째서 일이 이렇게 되어버린 거야? 경찰에게도 기자에게도 탐정에게도 혐의를 들키지 않았던 연쇄살인마가 왜? 강력반 형사들의 추적도 거뜬히 벗어난 그 철두철미한 놈이 왜? 어째서 내 손에 허무하게 당해버린 거냐고.'

도무지 현실이 믿기지 않았다. 상황이 이쯤 되니 이런 의심까지 들었다.

'혹시 내가 전생에 백산한테 뭔가 큰 죄를 지었나?'

하지만 그렇다고 한들 그 대가를 현생에서 치를 수는 없는 노릇이었다. 주원은 어떻게든 유혈 사태를 무마하기 위한 궁리를 했다.

'이제라도 단순 사고였다고 신고하면 내 말을 곧이곧대로 믿어줄까?'

확신이 서지 않았다.

무고한 시민을 괴롭히는 건 범죄입니다.

하필이면 형사로부터 경고성 문자를 받은 다음 날 이런 일이 벌어진 게 문제였다. 그간의 악연과 최근의 상황을 따지면, 주원이 일부러 백산을 미행한 뒤 공격했다는 의심을 받아도 이상할 것이 없었다. 하지만.

'저것들을 같이 보여주면 확실히 정상참작이 될 것 같은데.'

주원은 몸을 앞으로 기울였다. 눈이 어둠에 익은 터라 테이블 위에 올려둔 물건들이 훤히 보였다. 접이식 칼 두 자루, 작은 손도끼, 삼단봉, 너클, 페퍼 스프레이. 그리고 수십 장의 사진. 전부 백산의 가방에서 나온 물건들이었다.

주원은 쌓여 있는 사진 중 한 장을 집어 들었다. 사진 속 주인공은 주원이었다. 유기견 보호소 마당에서 짐을 옮기고 있는 모습이 멀리서 찍혀 있었다. 다른 사진들 속에도 주원이 등장했다. 길을 걷고, 마트에서 장을 보고, 부동산에 앉아 있고, 베란다에서 빨래를 너는 장면이 하나같이 몰래 찍혀 있었다. 물론 상혁과 태일의 일상을 몰래 찍은 사진도 있었다.

백산이 소지하던 이러한 물건들이 시사하는 바는 명확했다. 그가 무고하지 않다는 것. 세 사람에게 정말로 위협적인 존재였다는 사실이었다. 실제로 몇 시간 전, 주원은 우연히 백산의 가방에서 떨어진 물건들을 보고 상당한 위협감을 느꼈다.

"뭐야, 저게."

그리고 혼이 빠진 얼굴로 백산에게 시선을 돌렸다. 당시 그는 의식이 없는 상태였다. 우당탕, 앞으로 고꾸라졌을 때 벽돌 더미에 머리를 박고는 이마에서 피를 분수처럼 쏟으며 정신을 놓아버렸기 때문이다. 처음 그 상황을 맞았을 때 혼비백산한 주원은 쓰러지는 백산의 가방 틈에서 빠져나온 물건들을 살필 겨를 없이 오로지 백산에게만 집중했다.

"야야, 정신 차려봐."

곁에 쭈그리고 앉아 소매가 피로 젖어가는 줄도 모른 채 백산의 몸을 흔들었다.

"야야, 눈 떠보라고."

그러다 겨우 정신을 수습하고 핸드폰을 찾았다. 119, 119… 하고 중얼거리며 한밤의 추격을 시작하기 전 바지 뒷주머니에 찔러 넣은 핸드폰을 꺼냈다. 바로 그때, 주원의 시야에 뒤늦게 바닥에 어지러이 흩어진 물건들이 들어왔다.

"뭐야, 저게…."

물건들의 정체를 파악한 순간, 주원은 혼이 빠진 얼굴로 백산에게 시선을 돌렸다.

"왜 저런 걸…?"

떠오르는 이유는 하나뿐이었다. 백산은 앞으로도 연쇄살인을 이어갈 마음이 있고, 이에 방해가 될 주원과 친구들을 처리할 계획을 지녔던 것이었다.

'이 미친놈이 진짜.'

주원은 놀라다 못해 감탄한 얼굴로 피범벅인 백산의 얼굴을 물끄러미 보았다. 그때 쿨럭, 갑자기 백산이 기침을 뱉었다. 이윽고 옅은 신음을 흘리며 서서히 의식을 차리기 시작했다. 주원은 망설임 없이 119가 아닌 다른 번호를 눌러 전화를 걸었다.

귓가에 지긋지긋한 소리가 꽂혔다.

"이제 어쩔 거야?"

이어서 또 다른 목소리가 들렸다.

"계획이 있긴 한 거야?"

주원은 손에 쥐고 있던 사진을 다른 사진 더미 위에 올리고는 천천히 고개를 들었다. 어둠 속에 쭈그리고 앉아 있는 두 친구가 보였다. 몇 시간 전 주원에게서 날벼락 같은 전화를 받자마자 골목으로 달려와준 상혁과 태일이었다. 그들은 패닉에 빠진 주원이 CCTV에 잡히지 않게 골목을 빠져나오고 은밀히 집까지 돌아올 수 있도록 도와주었다. 끝내 의식을 반밖에 되찾지 못한 백산과 함께.

어느덧 긴긴밤이 물러가고 있었다. 상념에 잠긴 채 밤을 지새운 주원은 밤새 곁을 지켜준 친구들의 질문에 답하기에 앞서 고개를 옆으로 돌려 어젯밤부터 굳게 닫아둔 문을 바라보았다. 그리고 지금쯤이라면 저 문 너머에 던져둔 백산이 완전히 의식을 찾았으리라 짐작하고 뒤늦게 대답했다.

"일단 다 같이 대화를 해보자."

아침 햇살에 온 집 안이 환해졌다. 주원과 상혁과 태일은 닫힌 문 앞에 옹기종기 섰다. 새벽에 백산과의 대화를 결심한 뒤, 실제로 행동에 나서기까지 시간을 질질 끌다가 마침내 문 앞까지 당도한 그들은 똑똑 조심스럽게 노크하고 천천히 문고리를 돌렸다. 문이 열리자 곧바로 백산의 모습이 보였다.

몇 시간 새 완전히 의식을 되찾은 백산은 방 한가운데 가부좌를 틀고 앉아 있었다. 지난밤 미처 닦아내지 못한 피를 얼굴과 옷에 잔뜩 묻힌 채 기다렸다는 듯 조용히 세 사람을 맞았다. 주원은 선두에 서서 쭈뼛쭈뼛 그에게 다가갔다.

"저기… 괜찮아?"

상대가 아무리 희대의 적수라지만, 피범벅인 모습을 보니 마음이 좋지 않았다. 심지어 어젯밤 양손을 박스 테이프로 칭칭 감아두어서 더욱 그랬다. 하지만 백산은 부상이나 포박 따위에 개의치 않는 의연한 모습이었다. 이게 무슨 짓이냐며 소리치지도, 당장 풀어달라고 징징거리지도 않았다. 어차피 통하지 않으리라는 걸 아는 듯 묘하게 차분한 기운을 두르고 답했다.

"네. 괜찮아요."

그리고 자신의 앞에 세 사람이 나란히 앉자마자 말했다.

"무슨 얘기 하시려는 줄 알아요. 그런데 가방 속에 있던 물건들은 전부 설명할 수 있어요."

태일이 슬쩍 겁을 줬다.

"잘해야 할 거야."

백산은 주춤거리지 않고 설명을 시작했다.

"그 물건들은 제 목숨을 지키기 위해 필요한 것들이었어요."

상혁이 의문을 표했다.

"뭐로부터?"

곧바로 백산이 답했다. 말 대신 눈으로 세 사람을 빤히 응시했다.

"설마, 우리라고?"

주원이 언성을 높이며 기도 안 찬다는 듯 따졌다.

"지금 뭔 소리를 하는 거야? 우리가 너한테 뭘 어쨌다고?"

백산이 다시 입을 열고 답했다.

"뭘 어쨌다니요? 당연히 무서울 수밖에 없게 하셨잖아요."

그러고는 이야기를 1년 전으로 끌고 갔다. 백산의 표현을 빌리면, 동굴에서 그가 '거짓말'을 했을 때부터 세 사람이 그를 연쇄살인마로 '오해'하고, 그와 몇 차례 마주친 '우연'을 불길한 징조로 여겨서 적대한 일들을 늘어놓았다.

"제 주변을 맴돌면서 스토킹하셨잖아요. 살인사건의 범인으로도 몰아가셨고요."

백산은 그간 대외적으로 티를 안 내려고 애썼지만, 사실은 세 사람 때문에 불안 장애가 생겨 정신과 치료를 받아왔다고 밝혔다. 그리고 얼마 전 토끼 인형 사건의 혐의를 벗었을 때 불안이 최고조에 달했다고 고백했다. 더 이상 형사들이 자신을 주목하지 않으면 세 사람이 보복해 올 수 있다는 생각이 들었기 때문이다.

"아무래도 제가 한 짓이 있으니까요."

익명의 편지 얘기였다.

"가뜩이나 저를 연쇄살인마라고 믿고 계시니까, 1년 전 일을 되갚기도 할 겸 공익을 위한 사적 처단도 할 겸 어느 날 저를 공격하실 수도 있다고 생각했어요. 그래서 동태를 알아보려 제가 먼저 세 분의 뒤를 쫓고 사진을 찍었던 거예요. 혹시 모를 기습에 대비하려고 호신용품들도 챙겨서 다녔던 거고요."

백산은 끝까지 침착함을 잃지 않고 설명을 마쳤다. 하지만 설명을 모두 들은 주원과 상혁과 태일은 도저히 침착할 수 없었다. 모두를 대표해 주원이 열을 내며 말했다.

"잘도 지껄이네. 다른 사람한테 그렇게 말하면 믿을지 몰라도, 우리는 아니야."

그럴 수밖에 없었다.

"당사자니까. 1년 전, 네가 우리를 죽일 작정으로 쫓아다닐 때 그 기척을 분명히 느꼈으니까. 아무한테도 증명하지 못했지만, 우린 확실히 알 수 있었어."

곧바로 백산이 부인했다.

"전 쫓아다닌 적 없어요. 그건 그냥 세 분의 착각이었다고요."

주원은 지겹다는 듯 화제를 돌렸다.

"됐다. 1년 전 애긴 관두고 어제 일이나 말해보자. 어젯밤에 왜 혼자 그 골목을 돌아다녔던 거야? 네가 수상쩍게 움직이는 걸 내가 똑똑히 봤어."

"제 어디가 그렇게 수상해 보였는지 잘 모르겠는데, 그 골목은 친구 때문에 간 거였어요. 괴담 유튜브를 찍는 친구가 촬영 장소 선정을 도와달라고 해서 최근에 계속 오갔어요."

"근데 왜 날 보자마자 도망갔어?"

"그야, 무서웠으니까요. 갑자기 뒤에서 나타나셨잖아요!"

백산은 결국 침착함을 잃고 언성을 높였다. 그리고 아까부터 자신이 무슨 말을 하건 미덥지 않단 표정을 짓고 있는 세 사람을 향해 외쳤다.

"왜 제 말은 덮어놓고 전부 거짓말이라고 생각하시는 거예요?"

못내 억울해하면서 소리쳤다.

"전 정말 연쇄살인마가 아니에요!"

점심때가 훌쩍 지났다. 주원과 상혁과 태일은 식탁에 둘러앉았다. 하지만 아무도 식사하자는 얘기를 꺼내지 않았다. 어떤 말도 하지 않고, 아무 소리도 내지 않았다. 전의가 상실되고 앞날이 캄캄하여 딱히 나눌 말을 찾을 수 없어서였다.

큰맘 먹고 시도한 백산과의 대화는 비생산적이었다. 그는 계속 자신의 결백만을 주장했다. "열받게 굴지 마. 나는 오늘 꼭 네 입에서 진실을 들어야겠어" 하고 태일이 고문이라도 할 기세로 으름장을 놓아도, "너 머리 좋잖아? 여기서 네 자백을 녹음해 봐야 어차피 증거물로 못 써. 괜히 시간 낭비하지 말고 다 같이 안전하게 살 방법이나 논의하자" 하며 상혁이 같은 편을 먹잔 듯이 구슬려도 백산의 대답은 달라지지 않았다.

"전 정말 연쇄살인마가 아니에요."

앵무새처럼 같은 말만 반복할 뿐이었다. 이쯤 되니 궁금했다.

"진짜일까?"

한참 만에 침묵을 깨고 주원이 물었다. 답변은 즉각적으로 돌아왔다.

"아니."

상혁과 태일은 백산의 결백을 추호도 믿지 않았다. 사실 주원도 같은 마음이었다. 누군가 왜? 라고 묻는다면 명확한 근거를 들어 설명하기 어려웠다. 도리어 그들이야말로 우리가 왜 이럴까? 하고 묻고 싶은 심정이었다. 그러나 이유가 뭐가 됐든 백산의 말이 곧이곧대로 믿기지 않는 한 그를 섣불리 풀어줄 수는 없었다. 지금은 세상 처연한 얼굴로 믿음을 구걸하고 있지만, 이 집 밖을 나가는 순간 안면을 갈아 끼울 게 뻔했기 때문이다.

"난 결혼하고 싶다."

"나도 호주로 떠나고 싶어."

"나라고 병원을 안 열고 싶겠냐?"

세 사람은 겨우 맞이할 새로운 삶을 포기하고 싶지 않았다. 또다시 언제 죽을지 몰라 전전긍긍하며 사는 건 사절이었다. 하지만 그렇다고 이대로 백산을 계속 감금할 수도 없는 노릇이었다. 백산은 이삼일 정도 사라져도 아무도 관심 없는 혈혈단신의 청년이 아니었다. 머잖아 그의 가족과 친구들이 난리를 치며 실종신고를 할 테고, 그러면 박 형사를 포함한 수사관들이 세 사람을 찾아오는 건 시간문제였다.

'그냥 풀어줄 수도 없고, 데리고 있을 수도 없고… 미치겠네.'

세 사람은 진퇴양난인 상황에서 벗어나기 위해 골머리를 앓았다. 하지만 딱히 해결책이 떠오르지 않았고, 혹사당한 뇌는 점점 아무 생각이나 출력하기 시작했다. 머잖아 주원의 머릿속에는 대안이라고 할 수 없는 하나의 생각만이 빙빙 맴돌았다.

'차라리 어제 백산이 죽었으면 좋았을 텐데.'

반복적으로 이 문장 하나만 떠올랐다. 만일 그가 깔끔히 죽었다면 주원은 일단 살인자로 몰렸겠지만,

이후에 가방 속에 있던 물건들을 내세워 정당방위를 주장하고 사건을 무마시킬 수 있었을 것이다. 변호사 비용이 제법 들었을지언정 그편이 더 속 편했으리란 생각에 아쉬웠다. 너무 아쉬워서 자신도 모르게 끔찍한 생각을 입 밖으로 내뱉었다.

"더 세게 밀어버릴걸."

그 순간, 각자 발치를 보며 생각에 잠겨 있던 상혁과 태일이 고개를 번쩍 들었다. 그들의 놀란 얼굴을 보고서야 주원은 자신의 실언을 깨닫고 머쓱해했다.

"못 들은 걸로 해. 그냥 해본 말이야."

하지만 상혁과 태일은 시선을 거두지 않았다. 계속해서 주원을 빤히 쳐다봤다. 기분 탓인가. 점점 그들의 눈빛이 차갑게 느껴졌다. 오래지 않아 주원은 자신이 받는 느낌이 기분 탓이 아님을 확신했다. 그리고 상혁과 태일의 차가운 눈빛 속에 담긴 의중을 읽은 뒤 물었다.

"너희들, 진심이야?"

12

굉장히 복잡한 일의 해결책은 의외로 간단할 수 있다. 칭칭 감긴 밧줄은 푸는 대신 끊으면 되고, 미로에선 길을 찾는 대신 벽을 부수고 나오면 된다. 연쇄살인마의 적수가 되어 목숨을 잃거나 인생을 망칠 위기에 처했을 때는 공정하고 적법하고 윤리적인 방법으로 맞서는 대신 그냥 그를 죽여버리면 된다.

상혁과 태일이 눈빛을 통해 말하기 전부터 주원은 그 사실을 알았다.

'죽기 전에 먼저 죽여버려.'

효진이 귓가에 속닥거리기 훨씬 전부터도 알았다.

나아가 자주 상상했다. 머릿속에서 할 수 있는 온갖 방법으로 백산을 죽여보았다. 목을 조르고, 칼로 찌르고, 물에 담그고, 엽총을 쏘고. 정말이지 눈 한 번 깜빡이지 않고 수많은 살인을 저질렀다.

하지만 한 번도 진심이었던 적은 없었다.

살인은, 다시 말해 진짜로 사람의 목숨을 앗는 일은 미디어에서 밥 먹듯 벌어지는 것처럼 손쉽게 저지를 수 있는 게 아니었다. 엎치락뒤치락 싸우거나 아슬아슬한 추격 끝에 실수로 떠밀어 버린다면 모를까. 평범한 사람이 계획적으로 할 수 있는 일이 못 되었다. 도구 선정부터 시신 유기까지 모든 과정이 난관의 연속일뿐더러 운 좋게 모든 일을 성공적으로 마친다고 해도 남은 인생을 제정신으로 살지 못할 확률이 높았다.

그러므로 계획 살인은 어느 정도 타고난 인간만이 할 수 있는 일이라고, 주원은 생각했다. 그리고 자신은 그런 인간이 아니라고 믿었다. 줄곧 그렇게 믿어 왔는데….

정말 그럴까?

검은 마스크를 쓴 남자가 다가와 물었다.

"결정하셨어요?"

주원은 텅 빈 방의 구석을 가리키며 말했다.

"저기가 좋겠어요."

남자는 곧바로 자신의 동료들을 데리고 왔다. 다 같이 커다란 소파를 번쩍 들고 주원이 지정한 자리에 놓았다. 연이어 다른 가구들도 차례차례 옮겼다. 주원은 방 한편에 서서 새 병원의 인테리어가 순조롭게 이루어지는 광경을 지켜봤다.

이틀 전 엉겁결에 백산을 사로잡은 이후, 주원은 오늘로 예정되어 있던 인테리어 작업 일자를 바꾸려고 했다. 하지만 나중에 괜한 의심을 살지 모른다는 기우 때문에 원래대로 강행했다.

'괜찮을까? 내가 아무렇지 않은 얼굴로 사람들을 상대할 수 있을까?'

오늘 아침까지만 해도 결정에 확신이 없었는데, 지금 와서 보니 그야말로 기우였다.

"마실 것 좀 드릴까요?"

주원은 지극히 평범하게 인부들을 응대했다.

"요즘 비가 너무 많이 오죠? 일하기 힘들지는 않으세요?"

태연하게 잡담도 주고받았다. 머릿속에서 감금된 백산의 모습과 그를 찾아 헤매는 경찰들의 모습이 거슬리는 날벌레처럼 맴돌았지만, 태연히 웃으며 날씨 얘기를 하는 일에는 아무 지장이 없었다. 시험 삼아 백산을 죽이고 피를 뒤집어쓰는 상상을 해보아도 마찬가지였다.

"아, 강아지 키우신다고요? 사진 있으세요?"

인부들을 향해 환히 웃는 주원의 표정은 조금도 무너지지 않았다.

예정대로 볼일을 마친 주원은 서둘러 집으로 향했다. 혼자 백산을 감시 중인 태일과 교대하기 위해 다른 장소로 새지 않고 곧장 노을 진 아파트 단지에 발을 들였다. 하지만 재촉한 발걸음이 무색하게도 바로 아파트 정문을 통과하진 못했다. 그 전에 가로수 아래에 서 있는 한 남자가 눈에 띄었기 때문이다.

오랜만이지만 단번에 알아볼 수 있었다. 서류 가방을 한 손에 든 채 먼 산을 바라보고 있는 남자는 박준기 형사였다. 주원은 깜짝 놀랐다. 하지만 허둥지둥할 정도로 당황하지는 않았다. 슬슬 그가 찾아오리라고 예상했기 때문이다. 주원은 먼저 다가가 자신이 그의 방문을 예상했단 사실을 들키지 않기 위해 적잖이 당황한 척하며 말을 걸었다.

"형사님? 여긴 어쩐 일이세요?"

곧바로 형사가 시선을 돌렸다. 갑작스러운 조우에 놀랄 법도 했으나 그는 조금도 동요하지 않은 채 무덤덤한 얼굴로 용건을 밝혔다.

"오랜만에 뵙네요. 서주원 씨를 만나러 왔습니다."

"저를요? 왜요?"

"여쭤볼 일이 있어서요."

형사는 잠시 뜸을 들였다가 말을 이었다.

"현재 백산 씨가 실종 상태입니다. 그 일과 관련해

서 아시는 게 있으신가요?"

주원은 즉답을 피하고 일부러 놀란 표정을 지어 보였다가 반문했다.

"그 친구가 실종됐다고요?"

"네."

"제가 뭘 알고 있냐고요?"

"네."

알고 말고. 주원은 모든 전말을 알았다. 하지만 거짓말했다.

"아니요."

이어서 조금 불편한 심정을 드러냈다.

"그거 물어보려고 일부러 찾아오신 거예요? 집 앞에서 기다리기까지 하시고. 왜요? 제가 그 친구를 어떻게 했을까 봐요?"

형사는 그렇다고 말하지 않았다. 하지만 아니라고 말하지도 않았다. 그의 무언은 긍정에 가까웠다. 주원은 대놓고 불쾌한 심정을 표했다.

"너무 하시네요. 제가 그 친구와 악연이 있는 건 사

실이지만, 1년 전 일이에요. 이제 와서 무슨 짓을 했을리가요. 아니, 애초에 제가 무슨 짓을 했을 거라고 생각하신 거예요? 설마 어디다 막 가둬놓기라도 했겠어요? 제가 그럴 사람으로 보이세요?"

한 사람의 심연은 겉으로는 결코 알 수 없다는 걸 주원은 누구보다 잘 알았다. 그럼에도 그는 전과 없이 깨끗한 자신의 신원을 내세워 일부러 화를 냈다. 이 상황에서는 그편이 자연스럽단 계산이 섰기 때문이다. 잠시 뒤, 형사는 여전히 무덤덤한 얼굴로 태도를 살짝 바꾸어 분위기 전환을 시도했다.

"기분 상하셨다면 죄송합니다. 이게 제 일이니까 이해해 주세요."

하지만 주원은 의도적으로 화를 누그러트리지 않은 채 내심 거슬렸던 일을 언급했다.

"엊그제 보내신 문자도 일의 일환이었나요? 제가 무슨 범죄라도 저지를까 봐 미리 경고하시는 것 같던데요. 아무리 백산을 보호하고 싶으셨다 해도, 좀 선넘는 일 아니었나요?"

"오해가 있으시네요. 그 문자는 백산 씨를 위한 게 아니었습니다."

"그럼요?"

"서주원 씨를 위한 거였죠."

"네?"

"정확히는 서주원 씨와 친구분들이요."

주원이 놀란 표정을 지었다. 연기가 아니라 정말로 놀라서 눈을 휘둥그레 떴다. 그러자 형사가 말을 이었다. 자신이 선 넘는 문자를 보냈던 이유를 정확히 밝혔다.

"눈에 무언가가 씐 상태가 어떤 건지 잘 알거든요."

그 순간, 주원은 표정 관리에 완전히 실패했다. 형사가 자신과 친구들을 미치광이로 인식하고 있단 사실을 알자 안면 근육이 딱딱하게 경직되어 어쩔 수 없었다. 하지만 형사는 분위기를 풀지 않고 들고 있던 가방에서 각대 봉투를 꺼내 건넸다.

"1년 전 토끼 인형 사건을 조사하면서 개인적으로 작성한 서류입니다. 솔직히 당시 용의자였던 백산 씨

한테 수상쩍은 점이 전혀 없진 않았어요. 가끔 행방이 묘연할 때도 있고, 말이 앞뒤가 안 맞을 때도 있었죠. 하지만 살인 혐의를 씌울 정도는 아니었습니다. 그냥 그 나이대 청년이 할 법한 일탈을 저지르면서 생기는 일 같았어요."

주원은 자신을 향해 계속 내밀어져 있는 봉투를 마지못해 받아 들며 물었다.

"이 서류를 왜 지금 저한테 주시는 거예요?"

"그냥 시간 될 때 한번 훑어보시면 좋을 것 같아서요. 혹시나, 만에 하나요. 어떤 결정을 내리셔야 하는 상황에 놓여 있으시다면 도움이 될까 해서요."

밤이 저물었다. 하지만 주원은 잠을 이루지 못했다. 닫힌 문 너머에서는 아무 기척도 들리지 않았다. 백산은 남의 집 안방에서 잘도 곯아떨어진 모양이었다. 정작 집 주인은 거실 소파에 앉아 한시도 눈을 붙이지 못하고 있는데 말이다.

뜬눈으로 밤을 지새우는 중인 주원의 무릎 위에는

세 번이나 정독한 서류가 놓여 있었다.

서류에 적힌 내용에 따르면 백산은 연쇄살인마로 보기 어려웠다. 형사의 판단은 타당했다. 어쩌면 사실일 수도 있었다. 이는 처음 하는 생각이 아니었다. 이제껏 형사와 동일한 판단을 내리는 사람들을 만날 때마다, 경찰과 기자와 탐정 그리고 일반적이고 상식적인 생각을 가진 주변인들과 얘기할 때마다 주원은 늘상 그 생각을 해왔다.

'백산은 정말로 동굴에서 거짓말을 했을지 몰라. 그저 철없는 청년일지 몰라.'

하지만 실제로 그렇게 믿지는 않았다. 믿기지 않아서 어쩔 수 없었다.

'왜?'

이 또한 처음 하는 생각이 아니었다. 왜 자신과 친구들은 다른 사람들처럼 백산의 결백을 순순히 믿어 줄 수 없는 걸까? 그 사실을 기이하게 여기며 궁금해 했다. 하지만 각 잡고 이유를 파고들어 본 적은 없었다. 믿음은 직관의 영역이니까 진지하게 고민해 봤자

어차피 답이 나오지 않으리라 생각해서였다. 그런데 막상 고민을 시작해 보니, 정답인지까진 몰라도 한 가지 답이 나오긴 했다. 어쩌면 자신과 친구들이 세상의 법으로 처단하기 어려운 악인에게 응징을 가하도록 선택받은 아니, 당첨된 사람들이어서일지도 모른다고.

'운 나쁘게도 말이지.'

정의의 신이 속세의 인간 중 무작위로 사도를 골랐다면, 하필 세 사람이 뽑힌 일이 아주 이상하진 않았다. 어차피 세상의 모든 인간에겐 흠이 있으니까. 적당히 비겁하고, 이기적이고, 자기합리화에 능하고, 득실에 따라 의견을 바꾸고, 때로는 욕망에 굴복하는 정도의 흠을 지닌 자신과 친구들은 사이코 연쇄살인마를 처단하기에 부족하지 않았다. 평범한 인간일 뿐이므로 얼마든지 정의를 구현할 자격이 있었다.

'백산은 인간 이하의 놈이니까.'

주원은 슬쩍 서류를 다시 보았다. 한 형사가 나름대로 공을 들여 파악한 정보가 고작 이 정도라면 앞으로 다른 형사가 기막힌 수사 능력을 발휘해서 백산을 합법적으로 심판하리란 기대는 하지 않는 편이 좋을 것 같았다. 백산이 죗값을 현생에서 치르든 사후 세계에서 치르든 다음 생에서 치르든 자신과는 관계 없는 일이라고 여겼던 순간도 있었지만, 그래도 기왕이면 현생에서 치르면 좋겠다는 쪽으로 마음이 기울었다.

점점 거실이 환해지기 시작했다. 통창 유리를 통해 들어오는 아침 햇살이 온 집 안을 밝혀가는 동안 주원은 생각을 정리했다. 형사가 준 서류는 확실히 도움이 되었다.

13

날씨가 쾌청했다. 예감이 좋았다. 주원은 운전석에 앉아 백미러를 보았다. 한참 동안 자신의 두 눈을 뚫 어져라 응시했다. 그래도 전혀 거북하지 않았다.

며칠 전 그는 일생일대의 결정을 내렸다. 그 과정 이 쉽진 않았으나 결단을 내리자 마음이 홀가분해졌 다. 덩달아 몸도 가벼워졌다. 어깨가 펴지고, 피가 잘 돌며 생기가 생겼다. 미세한 변화였지만 거의 매일 마주하는 소장은 이를 눈치챘다.

"요새 신수가 훤하네."

하지만 그 이유는 잘못 짚었다.

"새로 병원 문을 열 생각에 날아갈 것 같나 봐?"

주원은 굳이 세세한 부분을 정정하지 않았다. 인생을 뒤바꿀 중대한 일을 앞두고 심신의 상태가 달라진 것은 맞기에 적당히 넘어갔다.

"네. 기분 좋아요."

그러자 소장이 인상을 찌푸리며 툴툴거렸다.

"인간적으로 서운한 척 좀 해라, 이 정 없는 놈아. 몇 개월을 같이 일했는데 늙은이 혼자 여기 두고 떠나면서 마냥 좋으냐?"

"떠나긴 뭘 떠나요. 자주 올 거예요."

"사람이 일하다 보면 그게 쉽나."

"안 쉬울 게 뭐가 있어요. 병원이 바로 코앞인데."

"그래도 직장 가진 사람을 내가 막 부려먹을 순 없잖아. 한동안 백수 의사 놈 굴려서 좋았는데, 이제 다시 혼자 일해야겠구먼."

소장은 아쉬운 티를 팍팍 냈다. 하지만 본심이 아니었다. 전부 장난일 뿐이라는 걸 주원은 알았다. 잠시 뒤, 소장이 넌지시 진짜 속마음을 밝혔다.

"어쨌든 잘됐다. 네가 처음 병원 접고 여기 왔을 땐 하도 죽상이라 아이고, 저 인생 이제 어찌 되려나 했는데 금방 정신 차리고 본업으로 돌아가서."

소장은 기왕 속엣말을 꺼낸 김에 당부했다.

"이제부턴 하루하루 정신 똑바로 차리고 살아. 또 빠꾸하면 안 되니까. 알지? 인생은 한순간의 선택에 좌우될 수 있다는 거."

그럼. 주원은 당연히 그 사실을 알았다. 단 하룻밤의 선택으로 인해 가정을 잃는 뼈저린 경험을 했으니 모를 수 없었다. 얼마 전, 골목에서 민정의 전화를 받지 못한 뒤 그는 수차례 재통화를 시도했다. 하지만 민정은 단 한 번도 받아주지 않았다. 마지막이었을 기회를 허망하게 놓친 이후 주원은 비로소 이별을 실감했다. 그리고 순간의 선택으로 인생의 경로를 바꾸는 우를 두 번 다시 범하지 않으리라 가슴 깊이 새겼다. 그래서 자신 있게 소장에게 말했다.

"걱정하지 마세요. 항상 정신 차리고 살 거예요."

차창의 열린 틈을 통해 바람이 들어왔다. 주원은

선선한 바람을 맞으며 백미러에서 사이드미러로 시선을 옮겼다. 거울 속에 기다리던 사람들의 모습이 비쳤다. 저 멀리서 상혁과 태일이 약물로 잠재운 백산을 술에 취한 동생 다루듯 하며 등에 업어 데려오고 있었다.

　네 사람을 태운 승용차가 밤거리를 달렸다. 인적이 없는 도로를 지나 비포장도로로 접어들었다. 그때쯤 줄곧 뒷좌석에서 잠에 취해 있던 백산이 깨어났다. 부스스 눈을 뜨기 무섭게 좌우를 마구 둘러보더니 무언가 심상찮은 일이 벌어지고 있음을 눈치채고 어버버하며 말했다.

　"지금 어디 가는 거예요?"

　목소리에 두려움과 초조함이 묻어났다.

　"뭘 하려는 거예요?"

　질문은 했지만, 실은 이미 답을 아는 눈치였다. 겁에 질린 표정이 그 사실을 알려주었다.

　주원은 굳이 대답하지 않고 운전에 집중했다. 상

혁과 태일 역시 각각 백산의 양 옆자리를 지키고 앉아 침묵을 유지했다. 잠시 뒤, 답을 들을 수 없다고 판단한 백산이 입을 다물었다. 대신 몸을 움직였다. 상혁이 있는 오른쪽으로 상체를 확 꺾었다. 차 문을 열고 그를 넘어 밖으로 나갈 속셈이었다. 하지만 뜻대로 될 리 없었다. 백산은 미처 차 문고리를 잡기 전에 태일에게 뒷덜미가 잡혀 원위치로 돌아갔다. 기습적으로 행한 탈출 시도가 실패로 끝나자 그는 고래고래 소리를 질렀다.

"내려줘! 내려달라고!"

하지만 주원은 동요하지 않았다. 뒤를 돌아보지 않고 전방만 주시했다. 여기서 백산이 아무리 악을 쓰고 발버둥 쳐봐야 상황이 변하지 않을 것임을 알았기 때문이다. 머잖아 백산 역시 그 사실을 깨달은 듯 쓸데없이 힘 빼는 일을 관두고 설득에 나섰다.

"아저씨들 지금 실수하는 거예요. 진짜로 이러시면 안 돼요."

하지만 세 사람은 아무런 반응도 보이지 않았다.

그러자 백산이 협박성 발언을 이었다.

"제가 이대로 사라지면 저희 부모님이 가만히 있지 않을 거예요. 친구들도 무슨 짓이든 할 거예요. 결국 아저씨들은 체포되고 말 거라고요."

그러나 역시 세 사람은 눈 하나 깜빡이지 않았다. 백산은 서둘러 방식을 바꿨다.

"지금 절 내려주시면 모든 일을 비밀로 할게요. 지금까지 있었던 일들을 다 없던 일로 만들 수 있어요. 산에 갔다가 또 길을 잃은 걸로 하면 되잖아요. 그렇게 제가 잘 얘기할게요. 절대로 아저씨들에게 피해 가는 일 없도록 할게요."

이렇게 제안했다가 통하지 않자 다음으로 거래를 청했다.

"제 목숨값을 제가 사는 건 어때요? 저 돈 많아요. 할아버지한테 증여받은 게 있거든요. 전부 드릴 수 있어요. 문제없이 전달할 방법을 찾아볼게요."

그렇지만 세 사람은 여전히 흥미를 보이지 않았다. 백산이 뭐라고 하건 말건 하나도 들리지 않는다는 듯 눈길 한 번 주지 않았다.

차는 쉬지 않고 좁고 후미진 길로 나아갔다. 달빛조차 흐려 어둠만 가득한 흙길을 지났다. 그때쯤 창밖을 슬쩍 내다본 백산이 결국 폭발했다. 설득을 관두고 목이 터지라 외쳤다.

"제발 정신들 차려요! 전 정말 연쇄살인마가 아니라고요! 지금 아저씨들이 하려는 일은 정의 구현이 아니에요! 아무 의미 없는 살인이에요! 절 죽이면 아저씨들은 그냥 살인자가 되는 거예요, 심판자가 아니라!"

그 순간 갑자기 차가 멈추었다. 곧바로 백산의 외침도 뚝 그쳤다. 차 안에 정적이 찾아왔다. 차창에 서리가 끼는 게 아닌가 하는 착각이 들 정도로 분위기가 차갑게 얼어붙었다.

이윽고 주원이 입을 열었다. 차에 탄 이래 처음으로 백산의 말에 대꾸했다.

"그렇게 생각 안 해."

"네?"

"우리가 심판자라고 생각하지 않는다고. 그보단 피

해자에 가깝지. 아무도 안 하고 싶어 할 일을 억지로
떠맡게 된 피해자. 너를 알게 됐다는 이유만으로."

주원은 천천히 고개를 뒤로 돌렸다. 그리고 백산의
얼굴을 똑바로 쳐다보며 말했다.

"넌 연쇄살인마가 맞아."

그 순간, 백산의 얼굴이 어두워졌다. 앞으로 어떤
말을 하든 무슨 짓을 하든 소용없으리란 깨달음을 얻
고 체념했다. 순식간에 양 볼에서 핏기가 가시고 동
공에서 빛이 꺼졌다. 두렵고 억울하고 애통한 감정들
이 스르륵 빠져나갔다.

곧 백산의 얼굴이 마네킹처럼 텅 비었다. 바로 그
때 갑자기 그의 입술이 조금 벌어졌다. 붉은 입술 사
이로 미세한 소리가 흘렀다. 히히, 웃음소리였다.

드디어 백산이 본색을 드러냈다. 아무래도 못 당하
겠다는 듯 뻔뻔하게 웃음꽃을 피웠다. 분명히 항복하
는 처지인데 묘하게 즐거워 보였다. 미친놈처럼. 주
원과 상혁과 태일은 이제야 그와 제대로 대화할 수

있겠다고 생각했다. 그래서 그동안 가장 궁금했던 걸 물었다.

"어떻게 한 거야? 무슨 수로 이제껏 모든 수사망에서 빠져나갔던 거야?"

주원의 질문에 백산은 기꺼이 답해주었다.

"간단해요. 믿음을 줬죠. 절 의심하는 사람들이 몰래 절 지켜보고 있을 때 선하고 건전한 청년이 할 법한 일들을 했어요. 그들이 저를 선하고 건전한 청년으로 믿도록. 조금 미심쩍은 일 정도는 알아서 눈감아 주고 싶어지도록."

태일이 탄식했다.

"대단하다. 그게 가능했어?"

"가능하던데요, 전."

"진짜 선하고 건전한 청년이 되는 건… 불가능했나?"

백산은 본인도 유감이란 듯 고개를 저었다. 그러자 상혁이 도무지 이해할 수 없다는 얼굴로 말했다.

"어째서? 로또 맞아 태어난 인생, 그냥 편하게 살

수 있었잖아. 왜 굳이 그런 짓까지 해서 연쇄살인을
한 거야?"

백산은 여유를 부리며 대꾸했다.

"전에 말해줬잖아요."

"언제?"

"동굴에서요."

그러고 보니 당시 백산은 이렇게 말했다.

"해보고 싶어서 해봤어요."

잠시 뒤 백산이 그때와 같은 나른한 목소리로 말
했다.

"그거 알아요? 세상엔 길에서 예쁜 꽃을 발견했을
때 미소를 짓는 사람이 있고, 꺾어서 갖는 사람이 있
어요. 둘 중 뭘 원할진 당사자가 결정하는 일이 아니
에요. 그냥 그렇게 결정되어 버리는 일이지. 전 후자
예요. 어릴 때 알았어요. 그리고 그즈음에 세상 사람
들은 미소를 짓는 사람을 더 좋아한다는 걸 알았어
요. 그래서 미소를 지었죠. 사실은 꺾고 싶었는데, 그
래도 미소를 지었어요. 계속 미소를 지으면 미소를

짓는 게 좋아질 줄 알고, 계속해서 미소를 지었어요. 아무리 시간이 지나도 하나도 좋아지지 않았지만, 어쨌든 미소를 지어야 했어요. 근데 어느 날 갑자기 이런 생각이 들더라고요. 아, 대체 언제까지?"

백산이 지겨워 죽겠단 표정을 짓다가 이내 가련한 표정으로 바꾸고는 공감을 구했다.

"그러고 보면 저도 참 안타깝지 않아요? 하필이면 이렇게 태어나서. 세상 많은 일 중에 살인이 해보고 싶을 게 뭐예요. 하지만 너무 하고 싶어서 어쩔 수가 없었어요."

당치도 않은 소리에 주원이 곧장 반박했다.

"웃기지 마. 뭘 원할지는 선택할 수 없었어도, 뭘 할지는 선택할 수 있었잖아. 언제까지나."

"맞는 말이네요."

백산이 순순히 인정했다. 그리고 한마디를 더했다.

"그쪽이 할 말은 아니지만."

확실히 욕망에 굴복해서 문제를 일으킨 적이 있는 주원은 훈계를 이어갈 처지가 못 되었다. 문제의 경

191

중을 따지면서 반발한 순 있었으나 굳이 괜한 입씨름을 벌이지 않았다. 대신 오늘 밤이 가기 전에 반드시 해야 하는 질문을 던졌다.

"우리 얘긴 됐고, 다른 사람들은 어뎠어?"

"누구요?"

"네가 죽였다던 세 사람. 시체가 어디 있느냐고."

"아, 그건."

백산은 기억을 떠올리는 듯 잠시 허공을 보았다가 갑자기 씩, 웃었다.

"말해줄 수 없죠. 시체가 나오면 제가 연쇄살인마였단 사실이 확정되잖아요."

"어차피 그때 넌 이 세상에 없을 텐데, 상관없잖아."

"상관있어요."

"사후에라도 명예를 지키고 싶은 거야?"

"아니요. 세 분이 상관있다고요. 제가 무고한 상태에서 실종이 되어야 세 분이 평생 쫓기면서 불안하게 살 거 아니에요? 마지막으로 저도 그 정도 복수는 해야죠."

예상과 다른 답변을 듣고 주원은 혀를 내둘렀다. 하지만 겁을 먹지는 않았다. 세 사람은 백산을 죽인 뒤 평생 쫓길지언정 불안하게 살지는 않을 터였다. 애초에 잡히지 않을 자신이 있어서 이 일을 벌인 것이니까. 주원은 슬슬 얘기를 끝낼 때가 되었다고 생각했다.

"마지막으로 속죄할 마음은 전혀 없단 거지?"

백산은 무슨 당연한 소리를 하냐는 얼굴로 주원을 빤히 보았다. 이렇게 나온다면 이젠 정말 더 나눌 얘기가 없었다. 주원은 조수석 아래에 있는 진료 가방을 열어 주사기와 약병을 꺼냈다. 안락사를 할 때 사용하는 것들이었다.

주원이 법적으로 소지 가능한 가장 치명적인 약물을 주사기에 옮기는 동안 백산은 그 광경을 물끄러미 보았다. 특별히 동요하거나 저항하지 않았다. 하기야 발악과 애원이라면 이미 할 만큼 했다. 그가 본모습을 드러낸 순간 이미 살 구멍을 찾길 포기한 것이나 다름없었다. 무심한 표정을 보아하니 딱히 삶에 미련

이 있어 보이지도 않았다. 어쩌면 그에게 이번 생은 남들이 보기엔 어떠했든 본인의 마음엔 썩 들지 않았을지도 몰랐다. 그렇다면 역시 지금부터 하려는 일은 모두에게 나쁘지 않은 일이었다. 머잖아 약물이 주사기에 모두 옮겨졌다. 그때 내내 조용하던 백산이 호기심을 갖고 물었다.

"이 순간을 후회하지 않겠어요?"

"안 해. 난 해야 할 일을 하는 것뿐이니까. 넌 어땠어? 단지 해보고 싶어서 사람들을 죽여놓고, 한 번이라도 후회한 적 있어?"

"아니요."

예상한 대답이었다. 그래서 다행이었다. 주원은 거리낌 없이 주사기를 들었다. 그대로 푹, 백산의 목에 있는 혈관을 겨냥해 바늘을 꽂았다. 백산은 순순히 곧 찾아올 죽음을 기다렸다. 의자 등받이에 몸을 깊숙이 기댔다. 그러다 갑자기 문득 떠오른 일을 지껄이려 입을 열었다.

"아, 그러고 보니 이거 하나는 후회되네요."

주원과 상혁과 태일을 한 번씩 둘러보고는 생애 마지막 말을 남겼다.

"그날 여러분과 비밀을 나누지 말았어야 했어요."

14

세 사람과 한 구의 시신을 태운 승용차가 외딴 도로를 달렸다. 그들이 지나는 길은 가로등이 없어서 깜깜했다. 비포장도로라 속력을 내기도 어려웠다. 하지만 주행에는 문제가 없었다. 초행길이 아니었기 때문이다.

지난 며칠간 주원은 이 길을 몇 번씩 오갔다. 이 길의 끝에 시신을 숨기기 안성맞춤인 장소가 있어서였다. 그 장소를 발견하기까지 주원과 친구들은 무리하게 백산을 살려두었다. 형사에게 꼬리를 밟힐 위험이 있었으나 감수했다. 자수할 마음도 체포될 마음도 없으니까. 기왕에 범죄를 저지를 것이라면 반드시 완전 범죄로 만들어야 했다. 처음 해보는 일이지만 실수가 용납될 수 없었기에 세 사람은 남은 인생을 갈아 넣는 심정으로 철저하게 계획을 짰다. 그리고 완벽한 준비 아래 꽤 잘 실행했다고 판단했다.

'이제 거의 끝났어.'

주원은 액셀을 꾹 밟으며 생각했다.

'내일부터는 새 삶을 살 수 있어.'

막 살인을 마친 뒤 이런 계산을 하는 스스로가 정상이 아니란 생각이 뒤따랐지만, 무시했다. 엄밀히 따지면 자신은 살인을 저지른 것이 아니니까. 우연히 눈에 띈 해충을 치워버린 것뿐이니까. 자연스러운 반응이라고 받아들였다. 나아가 이 순간 묘하게 마음이 무겁고 기분이 좋지 않은 이유는 백산이 아닌 다른 존재들 때문이라고 여겼다. 그를 아끼고 사랑했던 평범한 사람들 말이다.

주원은 어렵지 않게 상상했다. 아마도 백산의 부모님은 남은 생을 실종된 아들을 찾는 일에 바칠 것이다. 혜리는 사라진 연인을 한동안 열렬히 찾다가 결국엔 마음에 묻기로 결단할 것이다. 하지만 아주 묻지 못하고 죽는 날까지 종종 떠올리며 그리워할 것이다. 그들의 미래를 생각하면 가슴이 미어졌다. 그렇지만 어쩔 수 없었다. 세상에 모두에게 좋은 일이란, 전부가 만족하는 길이란 존재하지 않으니까.

'그나마 이게 나은 길이야.'

주원은 마음을 다잡고 액셀을 세게 밟았다. 오늘밤, 비록 몇몇 사람은 고통의 구렁텅이에 빠졌지만 그보다 더 많은 사람이 안전해졌다고 믿으며 내일이 오면 오늘 일은 말끔히 잊기로 다짐하고 앞으로 나아갔다. 바로 그때.

쾅!

무언가 차량 전면 유리를 강타했다. 어둠 속에 도사리고 있다가 불쑥 튀어 오른 웬 덩어리가 차체를 크게 흔들었다. 그리고 데구르르, 다시 어둠 속 저 너머로 굴러갔다.

주원은 양손으로 핸들을 꽉 붙든 채 핸들 너머로 고개를 빼꼼 내밀었다.

"뭐야?"

상혁과 태일도 상체를 앞으로 숙이고 차창 밖으로 시선을 모았다. 하지만 아무리 집중하고 보아도 저 멀리 도로 위에 누운 검은 덩어리의 정체를 알 수 없었다.

고라니인가? 크기로 보아 그건 아닌 듯했다. 적어도 멧돼지 정도로 추정되었다. 또는 그에 준하는 산짐승이거나. 뭐가 됐든, 주원은 골치가 아파짐을 느꼈다. 완벽하던 계획에 변수가 생기자마자 머릿속이 어지러워졌다.

저거 아직 살아 있나? 차에서 내려 확인해도 되나? 죽은 것 같긴 한데 무시하고 갈까? 이런 곳에 사체를 방치하고 가면 나중에 누군가 사고 경위를 조사할까? 빨리 차에 실어서 다른 곳에 갖다버릴까? 아니, 그 전에 차는 멀쩡한가?

따라잡기 어려운 속도로 꼬리에 꼬리를 물던 생각

이 차의 파손 상태에 미쳤을 때 주원은 아차 했다. 곧바로 액셀을 살짝 밟아보니 바퀴가 스르륵 굴러갔다. 불행 중 다행으로 한밤의 도로에 시체와 함께 고립되는 불상사만은 피한 듯했다. 주원은 자신도 모르게 안도의 한숨을 내쉬었다. 바로 그때 상혁이 말했다.

"침착해."

상혁은 떨리는 목소리로 친구들을 북돋았다.

"일이라는 게 원래 계획대로만 되는 건 아니잖아?"

즉시 태일이 동조했다.

"그렇지. 도중에 좀 꼬여도 결과적으로 잘 해결하면 그만이야."

얘기가 이렇게 돌아가면 주원도 합심하지 않을 수 없었다.

"좋아. 우선 상황부터 파악하자."

세 사람은 일제히 차에서 내렸다. 그길로 조심스럽게 걸음을 옮겨 검은 덩어리 앞에 나란히 섰다. 그것을 무어라고 부르면 좋을지 정체부터 확인했다. 그리고 확인을 마친 순간, 더는 침착하자거나 잘 해결해

보자는 식의 이야기를 나누지 않았다.

"사람이지?"

"누가 봐도 사람이잖아."

"왜 하필 사람인 거야."

그저 쓰러진 노인을 보며 망연자실했다.

잠시 뒤, 세 사람 중 누군가는 이렇게 말할 법도 했다.

"일단… 빨리… 병원으로 가자."

하지만 실제로는 아무도 그러지 않았다. 서둘러 병원에 가봐야 아무 소용이 없다는 사실을 알아서였다. 노인은 등을 보인 채 엎드려 있었다. 하지만 얼굴은 하늘을 향하고 있었다. 절대 산 사람이 취할 수 없는 자세였다. 그의 사망은 확정되었다. 그렇다면.

"신고…해야지?"

오래지 않아 세 사람 중 누군가는 이렇게 말해야만 했다. 하지만 실제로는 아무도 그러지 않았다. 트렁크에 있는 백산의 시체가 마음에 걸렸기 때문이다. 아무리 사고라고 해도 사람이 죽은 이상 조사 과정이 만만할 리 없었다. 조사가 길어지면 그동안 백산의 시체는 부패할 테고, 완전범죄는 실패로 끝날 확률이 높아질 터였다. 그렇지만 이를 피하려 백산의 시체를 먼저 처리하고 뒤늦게 신고해도 곤란하긴 마찬가지였다. 사고 시점과 신고 시점 간의 시간 차이로 또 다른 문제가 생겨날 것이 빤했다.

'어쩌면 좋아.'

주원은 눈을 질끈 감고 생각했다. 바로 그때, 귓가에 태일의 속삭임이 울렸다.

"지금 여긴 우리뿐이네."

한층 낮아진 그의 목소리가 연달아 들렸다.

"아무도 못 봤어."

주원은 천천히 눈을 떴다. 노인의 모습이 보였다. 행색은 남루하고 머리는 떡이 져 있었다. 벌써 부패가 시작되었을 리 만무하건만 온몸에서 썩은 내가 진동했다. 노인이 어떻게 생활해 왔는지 쉽게 짐작이 됐다. 그 시점에 상혁이 그 점을 짚었다.

"분명 떠돌이 노숙자일 거야."

나아가 한마디를 더했다.

"아무도 저 사람을 찾지 않을 거야."

곧바로 주원은 친구들의 의중을 눈치챘다. 그들에게 어떤 해결책이 떠올랐는지 묻지 않아도 알 수 있었다. 하지만 바통을 이어받을 순 없었다.

'이건 아니야.'

주원은 노인이 어떤 생활을 해왔을지는 짐작해도 어떤 사람인지는 몰랐다. 길바닥에서 살해당해도 불평할 자격이 없는 사람인지, 쓰레기처럼 아무 곳에나 버려져도 마땅한 사람인지, 세상에서 사라지는 편이 이로운, 그러니까 극악무도한 연쇄살인마인지 전혀 몰랐다. 솔직히 그런 사람일 확률이 얼마나 될까? 주원은 희박하다고 여겼다.

'그렇지만….'

갑자기 머릿속이 바글바글 들끓기 시작했다. 신경줄 위에 참새처럼 앉은 병정 같은 세포들이 제각기 목소리를 높였다. 아직 늦지 않았어. 얼른 자수해. 이미 늦었어. 빨리 치워버려. 자수해야 한다니까. 그냥 치우라니까. 자수해. 치워. 자수해. 치워. 주원은 세차게 머리를 흔들었다. 당장이라도 머리가 터질 것 같아 정신을 차릴 수가 없었다. 그 순간, 재잘거리는 목소리들을 뚫고 선명한 두 목소리가 울렸다.

"서주원!"

주원은 고개를 똑바로 들었다. 자신을 바라보고 있는 두 친구가 보였다. 어둠을 등지고 선 상혁과 태일이 말 대신 간절한 눈빛으로 구원을 구했다.

제발, 배신하지 마. 우리랑 같이 가자.

그 순간 주원은 더 생각할 의지를 잃었다. 정신이 멀리 도망가 버렸다.

세 사람은 숨소리를 죽이고 적막한 산을 올랐다. 두 구의 시신을 짊어진 채였다. 그들이 지나는 길은 험준했다. 랜턴을 사용하지 않아 사방이 칠흑과 같았다. 하지만 등산에는 문제가 없었다. 초행길이 아니었기 때문이다.

세 사람은 머리를 텅 비우고 홀린 듯이 움직였다. 이마가 땀으로 번들거렸으나 닦지 않았다. 부릅뜬 눈도 어지간해선 깜빡이지 않았다. 산 중턱을 지날 즈음 세찬 바람이 불어왔다. 그래도 조금도 움츠리지 않고 그저 걸었다.

바람을 타고 짙은 풀 내음이 났다. 기분 탓인지 묘하게 사체 냄새도 섞인 듯했다. 생소한 냄새가 코끝을 지나는 순간 주원은 직감했다. 평생토록 이 냄새를 잊지 못하리란 걸. 뿐만 아니었다. 어깨에 닿는 까끌까끌한 자루의 감촉도, 온몸을 짓누르는 육중한 무게감도, 걸음걸음마다 눈에 박히는 나무와 바위와 들꽃과 잡초의 모양새도. 어느 하나 망각하지 못하리란 걸 알았다. 단 하루도.

예감이 좋지 않았다. 그렇지만 돌아갈 순 없었다. 주원은 굽어진 길을 계속 걸었다.

오래지 않아 목적지가 나타났다. 예정보다 조금 늦었지만 아직 한밤중이었다. 세 사람은 조용히 땅을 파기 시작했다. 아무런 논의 없이 계획보다 넓고 깊은 구덩이를 만든 뒤 두 개의 자루를 던져 넣었다. 그러고는 조용히 땅을 덮었다. 한 삽 한 삽 꾸준히 흙을

쌓아 구덩이를 완전히 메웠다. 그 무렵, 긴 밤이 물러나고 새 아침이 찾아왔다.

주원은 허리를 폈다. 저 멀리 구불구불 펼쳐진 산등성이 사이로 막 솟은 태양이 보였다. 눈부신 일출을 마주한 순간 문득 실감이 났다. 하룻밤 사이 무언가 단단히 잘못되었음이. 그가 알던 세상이 뒤집혀 버렸음이. 하지만 다시 되돌리기는 늦었다.

주원은 뒤를 돌았다. 흙바닥에 주저앉은 친구들이 보였다. 상혁과 태일은 며칠 밤을 지새운 사람처럼 멍한 눈으로 감쪽같이 다져진 땅을 보고 있었다. 아니, 본다기보단 시선을 방치하고 있었다. 주원은 현재 그들이 얼마만큼 제정신인지 알 수 없었다.

"다 끝났어."

"이제 아무 문제 없어."

잠꼬대처럼 중얼거리는 모습으로 보아 아무래도 정상이 아닌 것 같았다. 하지만 뒤집힌 세상에서도 일단은 앞으로 나아가야 하니까. 주원은 친구들이 말귀를 알아듣기 어려운 상태라고 판단했음에도 굳이 소리 내어 다짐을 받았다.

"어젯밤 일은 죽을 때까지 비밀이다."

15

전국적으로 폭우가 쏟아졌다. 강물과 계곡과 호수
가 불어났다. 물가에 있던 수많은 사람이 재난문자를
받고 대피했다. 하지만 한 호숫가에 있던 낚시꾼은
그러지 못했다. 늦지 않게 대피하려 했으나 무슨 불
운인지 물이 불어나는 속도가 상식적인 수준을 월등
히 초월하는 바람에 기어이 물에 빠지고 말았다.

머잖아 119 대원들이 출동했다. 그들은 위험을 무
릅쓰고 출렁이는 호수로 들어갔다. 개중 한 대원이
빈사 상태에 빠진 낚시꾼의 목덜미를 잡고 외쳤다.

"이제 됐어!"

묻에 있던 동료 대원들이 타박했다.

"되긴 뭐가 돼! 빨리 나와!"

낚시꾼을 잡은 대원은 신속하게 움직였다. 이상하게 몸에 한기가 서리고 소름이 돋았지만, 그 이유를 생각할 겨를 없이 서둘러 묻으로 향했다. 담요를 들고 대기 중이던 동료 대원들에게 무사히 낚시꾼을 인계했다. 바로 그때였다. 이제껏 얌전히 선배들을 돕던 막내 대원이 갑자기 풍덩 호수로 뛰어들었다.

"뭐야? 왜 그래?"

깜짝 놀란 선배 대원들이 소리쳤다. 막내 대원은 곧장 대답하지 않고 무언가에 홀린 듯이 허겁지겁 앞으로 나아갔다가 물이 허리춤까지 오는 지점에 다다라서야 겨우 이유를 밝혔다.

"이거 말이에요."

하얀 막대를 들어 올리며 말했다.

"사람 뼈 아니에요?"

선배 대원들이 눈을 가늘게 떴다. 가만 보니 사람 뼈가 맞았다. 크기로 추정컨대 어린아이의 뼈였다.

사고를 당해서 부러졌다기엔 단면이 지나치게 깔끔했다.

"가지고 나와! 조사해 보자!"

선배 대원 중 가장 선임자가 외쳤다.

막내 대원은 뼈를 꼭 그러쥐고 뭍으로 향했다. 그러다 문득 뒤를 한번 돌아봤다. 눈앞에 드넓은 호수가 펼쳐졌다. 검고 고요한 수면 바로 위로 어렴풋이 눈에 보이는 듯한 스산한 기운이 넘실넘실 흘렀다.

다음 날, 계속된 폭우로 한 지역에서 산사태가 일어났다. 산이 꿀렁꿀렁 토사를 토해내며 오랫동안 지하에 묻혀 있던 것들을 위로 떠밀었다. 부러진 나무뿌리, 부화하지 못한 씨앗, 해를 보지 못하고 죽은 매미 유충, 썩지 않은 플라스틱 병 따위가 지면에 드러났다. 그리고 시체 한 구도 올라왔다.

부패가 상당히 진행된, 허름한 의복을 입은 노인의 시체가 약 3년 만에 세상으로 나왔다.

작가의 말

'세 사람이 아는 비밀은 더 이상 비밀이 아니다.'

평범한 사회인에서 극악한 살인마로 전락한 세 친구, 주원과 상혁과 태일은 자신들이 파멸한 이유가 부적절한 때에 연쇄살인마와 비밀을 나눴기 때문이라고 여길지 모른다. 하지만 실은 그렇지 않다. 주변인들에게 말하기 어려운 떳떳지 못한 욕망이 속수무책으로 자랐기 때문이라고 생각할지도 모른다. 하지만 역시 그렇지 않다. 비밀스러운 욕망은 그 자체로 그들을 타락시킬 수 없었다. 그들이 스스로 욕망에 굴복하기 전까지 말이다.

'뭘 원할지는 선택할 수 없어도, 뭘 할지는 선택할 수 있잖아.'

주원과 상혁과 태일은 꾸준히 그릇된 욕망에 무릎 꿇는 선택을 했다. 이는 무지해서, 서툴러서, 피치 못해서 한 일이 아니다. 그들은 잘못하고 있는 줄 뻔히 알면서 잘못했고, 그러한 자신을 추악하다고 여기지 않았다. 인간적이고 이해받을 만하다고 합리화했다. 속죄하는 마음을 지녔다가도 결정적인 순간엔 이기적인 결정을 합리적인 판단으로 둔갑시켰다. 아마도 이 세상엔 백산과 같은 악인보다 세 친구와 같은 악인이 훨씬 많을 것이다. 타고나길 피에 목말라하지 않더라도 야금야금 정도를 넘다 보면 까딱하는 순간에 누구나 악인이 될 수 있다.

'어젯밤 일은 죽을 때까지 비밀이다.'

어둠 속에서 두 구의 시체를 파묻은 뒤 새로운 비밀을 만든 주원과 상혁과 태일은 앞으로 어떤 삶을 살게 될까? 모르긴 몰라도 속 편히 살기는 어려울 것이라고, 어둠 저편에서 몰래 그들을 지켜보며 나는 생각했다. 그리고 독자분들이 나와 같이 생각하길 바랐다. 한 번 사는 인생, 저런 지경은 되지 말자고 말이다. 독자분들은 매일 매 순간 무언가를 선택할 것이다. 누굴 만날지, 어딜 갈지, 어떤 일을 할지. 또는 하지 않을지. 그때마다 발 뻗고 푹 잘 수 있는, 새 아침을 맞는 것이 두렵지 않을 수 있는 현명한 결정을 내리길 바라며 이 책을 세상에 내놓는다.

책을 손에서 떠나보내기 전까지 우여곡절이 많았다. 이야기란 본디 살아 있는 생물과 같아 작가가 고삐를 쥐고 있을 때도 멋대로 뻗댈 수 있다는 사실을 알고는 있었으나 막상 이야기에 휘둘리니 당혹스러웠다. 하지만 그럼에도 고삐를 완전히 놓지 않도록 지지해 주신 분들 덕분에 무사히 집필을 마칠 수 있었다.

세상에 보다 나은 이야기를 선사하겠다는 의지로 적잖은 시간을 기다려 주시고, 무용한 수고를 거듭해 주신 신지민 편집자님과 이원지 편집자님 그리고 오팬하우스 관계자분들께 이 기회를 빌어서 정말로 감사하다는 말씀을 드리고 싶다. 또한 하루하루 보람과 절망 사이를 오가며 점점 나만의 세계에 고립되어 가던 내 곁에 한결같이 있어주고, 아낌없는 응원을 보내준 가족들에게 고맙고 사랑한다고 말하고 싶다. 마지막으로 본인 손으로 본인 무덤을 파가는 모난 인간들의 여정을 끝까지 지켜봐 주신 독자분들께, 여러분이 있어 이 책이 세상의 빛을 본 의미가 있었다고, 함께해 주셔서 감사하다고 진심 어린 마음을 전한다.

무덤까지 비밀이야

초판 1쇄 인쇄   2025년 12월 12일
초판 1쇄 발행   2025년 12월 19일

지은이   안세화

기획   신지민
책임편집   이원지
디자인   studio forb
책임마케팅   최혜령, 박지수, 도우리, 양지환
마케팅   콘텐츠 IP 사업본부
해외사업   한승빈, 박고은
경영지원   백선희, 권영환, 이기경, 최민선
제작   제이오

펴낸이   서현동
펴낸곳   ㈜오팬하우스
출판등록   2024년 5월 16일 제2024-000141호
주소   서울시 강남구 테헤란로 419, 11층 (삼성동, 강남파이낸스플라자)
이메일   info@ofh.co.kr

ⓒ 안세화 2025

ISBN 979-11-7577-003-4 (03810)

한끼는 ㈜오팬하우스의 출판브랜드입니다.